天地出版社 | TIANDI PRESS

盐城，

一个让人打开心扉的地方

序言

Preface

到盐城，来一段开心之旅

盐城，中国唯一一个以盐命名的城市。她东临黄海，西连淮扬，南贯通泰，北与连云港接壤，有2100多年的历史。大自然钟爱于斯，给这1.7万平方公里土地赋予了太多：悠久历史、厚重文化；斑斓色彩、斐然生态；多元文化、无限活力……在这片土地上，珍藏着太多历史和自然的瑰宝，等待更多的人打开心扉前来发现；而盐城，也会将她的厚重和美好毫无保留地一一呈现。

盐城，是一个历史悠久、文化厚重的城市。早在约7000年前，先民们就在这里生存繁衍，点燃了淮夷地新石器时代晚期的文明之火。公元前119年，汉武帝始设盐渎县；公元411年，东晋时期更名“盐城”，成为全国唯一以盐命名的城市。晶莹洁白的海盐，是大海之子、盐民之根、“五味之主”、古税之源。历史上淮南盐税约占全国盐税之半，而盐城盐税又约占其半。

勤劳淳朴的盐民，在创造丰富物质文明的同时，也创造了黄海之滨丰富的滩涂文明。盐城人文荟萃、名家迭出，2100多年来，许多大文学家与历史名人都与海盐文化结下不解之缘：东汉“建安七子”之一、射阳人陈琳文雄海内，北宋三宰相晏殊、吕夷简、范仲淹曾先后在东台担任盐官，人称“西溪三杰”，南宋丞相、建湖县人陆秀夫以身殉国、义贯长虹，元末明初施耐庵隐居大丰白驹场创作经典名著《水浒传》，明代平民哲学家王艮开创了“泰州学派”，清初书法家、盐城新兴人宋曹留下书法和经典的完美结合《草书千字文》，郑板桥与大纵湖结下不解之缘，现代新闻学奠基人、东台人戈公振首开中国新闻学先河，当代杰出人物“中共中央第一支笔”、盐城人胡乔木写下大量影响中国革命进程的历史文献，外交才子、盐城人乔冠华在联合国的会场上留下了永远的笑容。这些“盐城骄子”的名字与业绩魅力恒存，沉淀为盐城独特的文化印记。盐城境内现留存的范公堤、西溪古镇、海春轩塔、永宁禅寺、安丰老街、枯枝牡丹园、大洋湾、古云梯关、庙湾古城、黄河故道等众多历史遗迹，更是承载着悠久而又厚重的历史。

盐城，还是一个生态优美、景色宜人的城市。盐城有海洋、湿地、森林三大生态系统，她东临黄海，海岸线长达 582 公里。广阔无垠的滩涂湿地上，有两个国家级自然保护区——盐城湿地珍禽国家级自然保护区和大丰麋鹿国家级自然保护区。这里堪称

是鸟类的王国，栖息、生存着鸟类400多种，其中有62种被列入世界濒危物种。每年来盐城滩涂越冬的丹顶鹤有1200多只，占全球数量的60%。中华麋鹿园，现拥有5000多头麋鹿，这是世界最大、最多的麋鹿种群。众多珍稀动物，诠释着人与自然和谐共生的图景。2019年7月，盐城黄渤海候鸟栖息地成功列入《世界遗产名录》。

同时，盐城拥有丰富的林业资源，森林覆盖率高，空气质量位居全国前列，“好空气”已成为盐城的全新代言词。来盐城开启“洗肺之旅”，成为休闲旅游的新时尚。盐城还拥有丰富的海洋旅游资源，江苏沿海发展国家战略将盐城推向蓝色海洋时代。大丰港的港城风光，弶港、黄沙港的海滨渔港风情，壮美的风电场、奇异的海洋馆及特色海鲜美食，等等，构成了盐城美不胜收的海洋风光带。

盐城西临里下河平原腹地，大纵湖、九龙口、金沙湖、马家荡等湖泊水域面积近百平方公里，是典型的潟湖型湖荡湿地，被誉为“金滩银荡”“鱼米之乡”。以花海经济为特色的荷兰花海景区，正成为盐城发展假日经济、推进休闲旅游的一道亮丽的风

景线。

盐城，又是一个有红色文化传承、地方文化多姿多彩的城市。早在1921年，中国共产党就在这里开展活动。1941年“皖南事变”后，党中央决定在盐城重建新四军军部，盐城由此成为华中抗战的中心。刘少奇、陈毅、粟裕、黄克诚等老一辈无产阶级革命家在盐阜地区领导人民抗日，建立华中敌后根据地，为中国革命的胜利建立了丰功伟绩。新四军革命的足迹遍布全市，铁军精神影响着一代又一代人。当年新四军在盐城留下的众多文化遗存得到全面保护，现盐城境内有124个以烈士命名的村镇、248处红色旅游景点，这些地方成为爱国主义、红色传统教育的重要基地。新四军纪念馆是目前国内最全面、最系统反映“铁军”抗战史的综合性纪念馆，被中宣部、原国家旅游局列入全国100家红色旅游景点景区和30条红色旅游精品线路。

盐城有多姿多彩的地方特色文化，是全国著名的“淮剧之乡”和“杂技之乡”。作为国家非遗文化的地方戏淮剧和杂技，是盐城的代表性地方文化。东台发绣、射阳农民画、大丰瓷刻、大丰麦秆画、盐都剪纸、老虎鞋、义丰龙舞、阜宁面塑、滨海何首乌、海盐制作、盐雕等一批非遗文化已成为盐城独具特色的旅游文化。东台鱼汤面、建湖藕粉圆、阜宁大糕、伍佑醉螺、大纵湖大闸蟹、大丰小龙虾、“盐城八大碗”等盐阜风味美食和饮食文化更是声名远播。

盐城，更是一个充满活力、生机无限的城市。作为长三角中心区、江苏省面积最大的城市，盐城处于两大国家战略叠加区和“一带一路”交汇点，位置非常重要。盐城交通便捷，拥有南洋国际机场和盐城港大丰港区、滨海港区等国家一类开放口岸，有国内国际航线近40条，往来于国内外大都市均畅通无阻。开通和即将开通的北京、西安、上海、南京等方向的高速铁路，特别是时速350公里直通上海的高铁，即将使盐城全面融入以上海为龙头的长三角地区高速铁路网，促使全市830万人口进一步释放活力。

近年来，盐城积极抢抓“一带一路”、长江经济带、长三角一体化、淮河生态经济带发展、中韩（盐城）产业园建设等一系列战略机遇，深入践行新发展理念，大力推进“产业强市、生态立市、富民兴市”，在加快建设新盐城，高质量发展方面，取得有目共睹的成绩。盐城，正以充满无限活力的崭新面貌，展现在世人面前！

黄海潮涌，诗与远方牵手；魅力水乡，谱写文旅新篇。盐城故事，从盐开始，沧海桑田，日新月异，与时俱进，生生不息。今天的盐城，犹如一颗耀眼的星冉冉升起，正吸引全球的目光。作为一个在盐城工作了多年的建设者，在此，也真心感谢曾丹团队的辛勤付出，感谢他们将古老而又全新的盐城故事，以更年轻化的语言和形式向世人讲述出来！

开放的盐城，将张开双臂，喜迎天下宾朋，欢迎您来这里，打开心扉，开启一段开心的“风花雪月”之旅！

盐城 清流

2020 年 7 月 5 日

CHINA YANCHENG
中国盐城

目录

Contents

开篇 ◦ **从盐城回到江苏** / 001

01 ◦ **出行 2020 年的春天，从北京到盐城** / 009

· 那轮美丽的夕阳一直在映照我回乡的路 / 013

· 等我洗车的盐城小哥 / 015

02 ◦ **为什么要去大洋湾** / 017

· 他的老宅子 / 021

03 ◦ **郁金香花海里的荷兰帅哥** / 024

· 期待只有爱 / 030

· 羊角村餐厅的温情卡片 / 032

04 ◦ **眼见为实：枯枝怒放牡丹花** / 034

· 奇花只在本地栽 / 039

· 还有更大的一个牡丹园 / 041

05 **铺满压舱石的安丰古镇** / 043

· 鲍奶奶在睡觉 / 050

06 **想吃一碗东台的鱼汤面** / 053

· 东淘兴　安丰盛 / 058

07 **南海舰队来的"鸭司令"舅舅** / 059

· 鸭子们的幸福生活 / 064

· 一盘炒"混蛋" / 066

08 **沉没的古城静待开园** / 067

· "鸿雁"绕船飞 / 072

· 迷游芦苇荡 / 074

09 **寻找盐场，寻找另一种天空之镜** / 076

· 小记中国海盐博物馆 / 086

· 人生海海，瓢浮于水 / 088

10 **清华学子的盐城创业生涯** / 089

11 **"森"呼吸，"林"距离** / 094

12 ◦ **和我一起去水街听一场淮剧** / 099

· 水街早点生活秀 / 104

13 ◦ **我和丹顶鹤的一场约会** / 106

· 那个真实的故事，就是最美丽的传说 / 114

· 原来你是这样的“淡定鹤” / 116

14 ◦ **住在鹤影里，体验风物季** / 118

15 ◦ **美人聚　打边炉** / 125

16 ◦ **西溪古城一日游** / 132

· 就这样穿过水浒园 / 138

17 ◦ **新弄里的C位书香** / 140

· 爱看书的保洁阿姨 / 146

18 ◦ **追踪“鸟人”孙华金** / 148

· 你所不知道的条子泥的美 / 157

19 ◦ **惊鸿一瞥杂技建湖** / 160

· “牛”人吴团长 / 169

20 去九龙口“浪”一下 / 171

21 麋鹿的爱情胜者为王 / 177

· 这个夏天的鹿王争霸赛 / 187

22 我的水城 5035 / 189

· 在盐渎湿地公园跑步 / 194

· 自助餐厅里的酸奶和火焰冰激凌 / 196

23 在欧洲风情街遇见“镜花缘” / 198

· 遇见就“及时行乐”吧 / 204

· 串场河的串场词 / 206

24 盐城的新四军记忆 / 210

编外篇 家乡的年夜饭和八大碗 / 214

· 纪念我离别的故乡 / 219

MV画说 《一个真实的故事》老歌新放 / 225

后记 我就是江苏的女儿 / 241

开篇

从盐城回到江苏

我相信看见盐城，就是看见了江苏。

我被深深地打动并震撼。

这是写在前面的结束语。也是永远不会结束的开始。

我想用这样一种不同于寻常，非常诚恳，发自内心，一点都没有煽情的开篇，来把这份突如其来的缘起与感动，诚挚表达这段时间以来，我对一座城市全新的认知。

这座城市是盐城。

这座深藏于黄渤海旁江苏省的一颗璀璨的明珠，就是这样，突如其来地“撞”入我的眼睛和心怀。让我从这里起始，回到家乡江苏，回到人生最初的诞生，和最温暖的土地上。让我用另外一种方式，完成“少小离家老大回”的情怀，也让我在一个出门和远行变得艰难的日子里，更加懂得了生命与自然的可贵，和世间万物辩证着相辅而成的逻辑。

一切序章，皆为开始。

2020年4月起，我，和我团队的全体成员，夜以继日，在盐城文旅局以及盐城城投集团的大力支持下，全域行走盐城。从陌生，纸上知晓，道听途说，走马观花，一直到被这座对我们而言，曾经充满了好奇不解，到此刻的深陷其中，情难自禁。

我们本着以给盐城做一本好玩好看的时尚轻阅读类图文书的起始，来到盐城。曾经以为，以我们过去无数成功的案例和经验，这不是一件难事。但直到今天，既定的采风时间已经结束，而我们，依然觉得，我们对盐城的渴求和探知还远远不够，还只是浅尝辄止。

这座城市真的深刻地打动了我们。

我们一直在想，盐城到底是什么？盐城到底有什么？盐城到底为什么？

盐城在用它的广袤与深邃，柔情与豪迈，一点一滴，一寸一毫地回答着我们。

盐城太丰盛了！丰盛到就像它的广阔和兼容，它的纵横与深远，我们装不下，我们

的书也无法在仅有的页码尺寸之间，装下它的厚重与辽远，未来和过去，包括此刻当下。

所以，此时此刻，当我们回过头来，再来看那个引导我们走进盐城的缘由起因。那个时刻，真的只是在它作为被世人所共知的经济强市的另一面，掀开并唤醒了它沉睡很久的千年绝美，让它独一无二具有的自然与发展的共生之美，第一次为世人所知晓，所注目。

请记住那个历史性的时刻。

北京时间 2019 年 7 月 5 日 15：30，从在阿塞拜疆首都巴库召开的第 43 届世界遗产大会上传出好消息，联合国教科文组织世界遗产委员会，审议通过将中国黄渤海候鸟栖息地列为《世界遗产名录》。位于盐城的该项目成为我们国家第 54 处世界遗产，江苏省首项世界遗产。这一认定，不但填补了我国滨海湿地类型遗产空白，也是全球迄今为止的，人类和大自然共享的第二块潮间带湿地遗产。

太振奋人心了！

这意味着什么？我们想用一个特别直白的理由来告诉所有的人，当对自然，对生态环境极其敏锐和敏感的鸟儿们，纷纷选择在这里成为它们落脚的家园，成为全球四百多种，包括无数珍稀鸟种越冬的栖息地时，那就是人间的仙境。

是天堂。

是被大自然亲吻和垂爱的人类的天堂。

而更让我们震动的，是来自我们自己团队一位看过无数山川美景的导演自言自语说的一句话。

当时，我们刚结束一次在盐城高新区对清华学者来盐城创业生活的采访，穿过鲜花簇拥满目绿荫如绣的世纪大道，来到条子泥，来到滩涂湿地。

来到盐城的另一面。

其时，盐城本地摄影师孙华金老师的作品刚刚登上了《中国国家地理》杂志的封面，成为那一期的重点主题报道。

孙老师只拍盐城二十年。在他如数家珍的海量摄影作品里，我们看到了我们在这个时间段来盐城，而未能看到的盐城其他季节无与伦比的美丽。看到了或许我们文艺工作者比普通人更向往和憧憬的“天空之镜”。

那如画般秋天的滩涂和湿地。

那世人所不知道的条子泥的真正的壮美。

那是生命的美。

那也是自然的力量。

那就是在盐城。

在我们所有人被震撼的时候，我们团队的马导是“怔”了。他问他自己，也问出了我们所有人的心声：“我以为这样的美景是只有在西部，或者人迹罕至，经济不发达，离开核心城市很远的远山僻水的地方才有，

但是竟然在盐城有。竟然在一个GDP全国地级市排第38位，在距离上海300公里，在一个800多万人口的经济强市，它保存和保护的自然之美，竟然堪比纯粹以景色胜出的无数的风景名胜地。”

“这是为什么？！”

马导的扪心自问，正是我们的震撼。

2019年，盐城人民向全世界和全国人民交出两份最漂亮的答卷。

关于自然。

关于发展。

相容并进。

相辅相成。

我们的绿水青山，我们的金山银山，在盐城，就是最真实的成就。

而来到盐城，回到江苏，对我来说意义尤其不一般。

我是出生在丹阳的江苏人，我也是离开家乡很久的归来者。所以，怎么回家，怎么再找回生命记忆中家乡的那些美，始终是我渐行渐远人生的另一个命题。

所以，对于我来说，这次不是旅行，是回家。

是从盐城回到江苏。

回到了家乡。

对于这样的回乡之旅，我不敢懈怠一丝一毫。

盐城，在我的地理版图和故事大纲里，就是共生于江苏的同一个家乡。同一片江南水乡的土壤和乡邻。

那么此刻，就让我先来数一数我看到的盐城的细节和片段吧。它们像珍珠，一颗颗被我和我的小伙伴们，用心和眼睛共同拾起，发现，惊艳，定格，并如获至宝。我们想，文化者最重要的一项使命，就是要把美好的事，用真挚的情怀，艺术的手法推向世界，和时间永恒，让岁月流芳。

所以，我在这里，先把盐城数一数二的珍宝陈列出来，来作为我这本书的一个开篇导语吧。

盐城故事如下。

盐城是千百年的古城，历史渊源悠久，名人辈出，数不胜数。同时，现代史上，它又是新四军总部，历经战争炮火屠城，当年一句话，“陕北有延安，苏北有盐城”。即可说明盐城作为革命老区根据地的重要性。但盐城又毫无争议的是江苏经济强市，GDP名列全国地级市第38位，民安物丰。盐城

人民在享受全江苏最好空气质量，生活幸福富足的同时，时刻不忘“开放沿海，接轨上海，绿色转型，绿色跨越”的产业进程。

盐城有全世界四百多种珍稀鸟类每年来这里越冬，留住。这里有忠贞不渝始终如一，象征美好吉祥的丹顶鹤保护区，和那首唱遍人类与自然万物温暖与共的生死情歌。也有曾经被八国联军抢走掠夺，濒临绝种，却在盐城的土地上重新繁荣生长起来的传奇神鹿麋鹿，以及大自然最原始的物种优胜劣汰法则的场景再现，麋鹿争霸赛。

盐城全域无山，却百河遍布，滋养着它丰饶的沃土。盐城新城鲜花盛放，盐碱地上有再造的荷兰花海名扬天下，谱写着《只有爱》的戏剧颂歌。牡丹枯枝七百年屹立便仓不败，应时应季，用传奇的花语在昭告着天下的荣盛。而盐城无数的古城中，一条压舱石铺满的小巷，一口几百年不枯竭依然旺盛涌出的井水，一座古城的淹没与重现，一条捍海大堤传颂的范仲淹“先天下之忧而忧，后天下之乐而乐”为官者的勇气和智慧，还有代代相传的《淮扬乡约》，深入百姓心间，百岁老人用一把扫帚八十年如一日的坚持，诠释了最朴实素人，最简单行为的品德的高尚。

盐城有苏北面积最大的书店，在现代商业浪潮下，在盐城，书店的位置是在最大最新潮商业中心最好的地段。盐城全城书店书房琳琅密布。盐城最好的建筑里始终有学校的大门和教学楼。

盐城的淮剧艺术和他们的性格一样，融洽了南人北相，南北交融，南腔北调的精华与精妙。

盐城的八大碗和鱼汤面，就是一碗文化与饮食的回家，和人生的况味。

当然，不得不说的还是盐城的“盐”，和它的“业”。

盐城当然有盐场，依然还存在的无边无际的盐场，和大街小巷传承下来的和盐有关的种种街名巷道，无处不体现着它传承的繁华与荣盛。“国家财富，盐利为盛”。盐城盐场有几代世传至90后的盐业工人，他们正在思考的是如何将传统盐产品的价格价值最大化，而不仅仅只是一袋食用盐的作用。

而高新技术园区里，众多以北大清华为

首的高科技精英人才，正在盐城古老的土壤上成就着他们的新产业梦想，完成盐城产业飞跃的更进一步。

我们曾经站在市中心的中国海盐博物馆，凝望那块关于盐城最起初的城名，瓢城的由来。

因为临海，因为永远要面对海浪的侵袭与拍打，最早最早的盐城人造城之时，将城按照水瓢的形状面海而造，修筑而成，取意为“瓢浮于水，永不沉没”。

所以盐城的地域面积永远在增长。那是黄渤海在勇敢的盐城人面前，一步步退让，一步步把更多的土和地，赐还给无畏的勇敢者们，也把丰盛的产业和天空之镜，赐予了勤劳的盐城百姓们。

大自然的厚爱，把它所有能给予的生物、精灵、植被与物种，都珍藏在了盐城。

人生若海海，唯瓢浮于水。

盐城，把人生最重要的哲理都刻在了城市的名字和骨血里。

无数精彩，咫尺厚与重。

从盐城走进江苏，由漂泊回来故乡。提笔之前，我想了很久。有的时候，走得越近，爱得越深，就越不知道如何表达出内心的那份深情与爱意。我要怎样书写，才能用一本书的厚度，来承载这样饱满而富足的给予。

作为一个回到家乡的归来者，我一直努力尝试在盐城的五彩缤纷里，融入我作为自

家人最朴素的那份感情。所以我把所有盐城的故事，用我的方式，重新定义，解读成了“风、花、雪、月”四个篇章。我想用一个回乡者的情怀，换一个角度，来讲述我看到的江苏盐城，看到它的温暖、芬芳、怀旧、和律动，它在我眼里的柔情万种，以及万丈豪情。我要用完全属于它的风花雪月，来重新定义一座城市的情感与温度，定义我从盐城回到的故乡江苏。

我相信看见盐城，就是看见了江苏。

所以，关于盐城“风花雪月”延伸出来的新定义，也许，就是内心深处我对故乡停留不变的旧情结。

如此。呈现。

风，风情风土风俗秀；

花，牡丹樱花郁金香；

雪，飞雪银地寻盐场；

月，鹤舞鹿鸣当年月。

以此种种，柔软成书。写给盐城，写给江苏。

01
出行
2020年的春天，
从北京到盐城
这是世界停摆的时刻，
也是让人最想期待也最不敢期待的一个春天。

写下这个题目的时候，是2020年的4月底，那场从庚子年起始，改变世界和我们每个人，以及全人类的疫情，还没有结束。甚至在我们国家举全国之力，刚刚平稳住疫情的蔓延时刻，国外，却又陷入了更严重的危难中。

这是世界停摆的时刻，也是让人最想期待也最不敢期待的一个春天。是让全世界所有人都无法忘记的一个新的年代的开启。

没有人敢出门，更别说远行和旅游，所以我的这次出行，就尤其显得意义非凡而且深刻。

和全国人民一样，从武汉封城令起，我就在北京“禁足”，没有回家看父母，没有约朋友一起旅行。这个春节，过得比任何一个年都百感交集。

春节，是我们最应该奔出城市去向远方的假期，我们在家，寸步不行。而这个春节的假期又是如此的长，长到我都快怀念起以往上班的奔波，和北京东三环车流如织的繁忙日子了。

正常的工作和堵车都成了奢望，就不用说远行和旅游了。诗和远方，在这个春天开始萌芽的日子，被笼罩在每个人那片日不离身密封的口罩下，却依然充满了渴望的目光里。

所以，2020年4月8日，武汉解封，重新开城。当我们在陪伴着武汉度过了76个最难熬的昼夜后，生活重新继续。我决定启程，开始承诺我在春节前最让我今生动心的那个承诺。

回家。

准确地说，是回家乡。

我是江苏人。我就是出生在江苏的江苏人。那是我的家乡。离开家乡四十多年，骨子里的那份血脉，名字里的那个地名，却让我今生今世走到哪里都不敢忘，也是我走到哪里都会念叨的一件事。

但离别家乡这么多年，南来北往，阴差阳错，长大成人后，我却一直都不曾真真实

实地再回去家乡过。

所以我是这么的期待这次出行。

期待回家。

我想我比很多人幸运。4月11日，武汉解封后第三天，我就能远行，并且是以旅行写作者的名义，开启这场疫情重灾后的“诗与远方”。

所以，我也会比以往任何时刻都更看重这次出行，看重我肩负的归心和幸运。

更何况我此行的目的地是江苏盐城。那首年少时听过的歌，那片风中飘摇的芦苇荡，和飞过天际的美丽的丹顶鹤，还有那位白衣黑裙迎风拂面却在歌声中永远消失的年轻女孩。

那首“一个真实的故事”的旋律，曾经是那么深地打动过我的少年时代。那个离我的出生地那么近的江苏黄海之滨的另一座城市，那个苏北之秀，百河之城，我想去看看。

在此之前，我从没去过盐城。所以，行程确定后，我和我的团队伙伴们一直在“恶补”各种盐城的知识课目。我们知道了除了那个美丽的故事以外的更多景点名词：八大碗、麋鹿、新四军纪念馆、大纵湖、荷兰花海郁金香、黄海国家森林公园、安丰古镇、上海知青农场、九龙口风景区的入海口，还有，最能代表盐城繁荣历史过往的盐场，和种种盐文化踪迹，以及想象中因盐而生的天空之镜，等等等等。

好了，世界依然那么大，但这次我要去盐城。

我在2020年那场突如其来的疫情暴发流行被遏制住后出发。我的出行尤其的不容易和重大。所以我真的很感恩。很多人依然被留在家里和城里，很多人无比想念远方，很多人却需要被“隔离14天”。我也戴着口罩，但我能开着我的车，一路远行。

从北京东三环至江苏盐城，途经山东省，途经很多我们耳熟能详景色秀丽的城市，全程近千公里，但我的终点这次是盐城。

惭愧，我从来没有开过这么远的路程，幸运的是，我的第一次千里驱车长途，是回家乡的路。

用了很多笔墨在写这次启程的心情和感慨。我在想我真的重视到啰唆了。没有办法，这是回家乡。如果说少小离家老大还，那四岁多就离开江苏丹阳出生地的我，这是成年后的我，自己一个人最真切的第一次还乡了。

第一次回到离我名字里的出生地如此近的地方，可以待上一个月，两个月，三个月，或许更长久。

请原谅我的意乱情迷。

请理解我的归心似箭。

当这场旅行在全国人民都被自觉禁足从冬天到了春天，当走出家门和旅行成为一种遥远而奢侈的梦想，当我要回到家乡。

所以。

我在这个四月无比幸运。

我需要这样来铭记下来。

同时，我更加觉得我的这次出行，是这场疫情战役中的一种盛放。一种生命封闭历劫后更勇敢的姿态。

我们始终是要奔向远方的，也始终是要回归故里的。

那就让我来代你们先起程，让我首先启动我同样被停止过的那枚暂停键。

那轮美丽的夕阳一直在映照我回乡的路

从此地回到家乡，究竟有多远？

当我踏上归途，我终于知道，就是日出的清晨到日落的黄昏，就是太阳从这一头到另一端。

而它，全程就在我的车的倒视镜里，在我的一寸目光之中。

一直在我心里的距离里。

北京出发，在泰安住了一晚上，也睡了一个懒觉，第二天再出发时已是中午。很快车就进入江苏境内。四月，正是草长莺飞的时节，泰安以后，路也越来越平，江南水乡的风情渐渐袭来，就连高速公路，也恍然换了一种柔软的感觉。最明显的是路两旁的田野，一片一片望不到边际的绿色，还有远处近处村庄里那些映入眼帘白墙黑瓦的小楼房，于我而言，遥远又亲切。

我放慢了车速，开最慢的道。我想

起了小时候，年幼的我，也曾日日站在这样的田野上，看看天，看看地，看看远方。天上有飘过的云彩和微风，地上有更换的四季和五谷，远方，远方有什么呢？

我想，在江南，尤其是在江苏靠北生活过的人，对于故乡的记忆里，一定有这样的关于大片土地和田野的印象。

开车回江苏是一件很奇妙的经历。我相信如果不是这场疫情，不是为了安全而只能选择自驾车出行这样一个路径，我从北京到盐城的空中时间只有一个多小时，而开车，同样的距离，我需要两天，十几个小时。我需要用四个轮胎一寸寸丈量，并感受那些目光可及的景象。那种感受非常真切，也非常难得。

车进盐城境内时，黄昏临近，天边晚霞美得夺目。我看见倒视镜里的那轮夕阳，一直在追随着我，余晖和暖意如画一般艳丽而迷离，它占满了小小的玻璃镜片，满到顷刻就会磅礴而出。

就像我的心情。

等我洗车的盐城小哥

路况显示，还有不到一百公里到达目的地酒店。跑了两天，车真的有点脏。我是有强迫症的，我在想，我得洗个车，干干净净进城啊。

还有洗车的地方吗？那个时间段已是六点。在北京的时候，因为疫情，除了基本生活必需，一切停摆，要找一个洗车的地方，都是难事。我一边放慢车速，一边用车载电话让朋友帮我查盐城洗车的电话。朋友查了一圈，发来一个电话，告诉我：“这个号码的洗车场应该是你进城最近的，但洗车的小哥说他们现在是六点就下班了，如果你要去，他们就等你到七点。”

“没问题，那我尽快赶过去。”正在车桥服务区休整的我一听，立刻上车，直奔导航定位的洗车点。

时间应该是够的，但一走神，我下

错了道，又绕了一圈，再回到高速路上时，我看到百度地图显示的距离和到达时间已经是七点半以后。我一边开车，一边给那边的洗车小哥打电话，想说明情况，想让他们继续等着我。

我请他们等我到八点。听得出那边有些诧异，也有些迟疑，但还是答应了。

也是，素不相识，约好的时间一直在往后调整，迟疑和诧异都是正常的。换成是我，我也会担心这位客人的准确性的。

事实是，我又迟到了。

到达导航定位的地点时，已是八点多钟。下道进城，我是抱着试一试的心情开到那里的。我停在导航定位已经灯熄人走的汽车城旁，一遍遍打电话，打了三次，电话都没人接。完了，那个说好等我的洗车的小哥多半是走了。

好吧，是我的问题，谁让我又迟到了呢。我正准备启动车去酒店时，电话响了，是那个盐城的号码。

我欣喜万分地接通："你们走了吗？你们还在等我吗？我已经到这里了，下道进城里的时候有几个红绿灯耽误了一点时间，抱歉哈。"

"在等你啊，你不是说过让我们一定要等你吗？"电话里盐城小哥说，"你把车开到汽车城大楼的后面来，旁边有一个灯亮着的房子，只有我们还在。"

我欣喜若狂了。当我看见那间还亮着灯的洗车房，听到两位一直在等我洗车的盐城小哥告诉我，他们一直等我，也一直没吃饭时，我是温暖和感动的。

我没有煽情。当你去到一个陌生的城市，你接触到的这座城市的最初的人给到你的感受，有的时候，就是这座城市最真实的温度。

我坐在那里，看着他们俩认认真真洗我那辆脏得很厉害的车，一边聊天："你们不担心我不来了吗？万一我不来了，你们不白等了吗？"

"不会的。你说过你会来，我们就相信你。"洗车小哥笑笑说。

关于盐城的第一缕温暖，在那个风尘仆仆的春天的夜晚，在我踏进这座城市开启旅行的第一个夜晚，就这样直接将我环绕。

02 为什么要去大洋湾

看见花开，没有哪个时刻，比此刻更加显得意味深长又意义深刻了。

其实这次奔赴盐城，我和我的团队是分两个方向集结。我自北向南，我的摄影师们从南向北，也是日夜兼程。在一个并不适合远行的日子，我们在盐城碰面集合。

前面说过，武汉刚刚解封，病毒并未远去，被封闭了的人们都小心翼翼。除了口罩、禁足，出门，几乎每个人都会将眼睛口鼻用各式各样的武装将自己保护起来。但不能出门的人们，关注完武汉方舱医院的光速建成，关心完武汉病情减轻解封，也一直都在网上等待和期盼武大的樱花。其实不止是武汉，这个春天，看见并欣赏到一座城市的花的盛开，就好像在那个特别的冬天过去，在即将来到的春天，能给予我们所有人被停住了的生活，重新倾注一份满满的活力，和依然在茁壮生长的万物复苏的感动。

看见花开，没有哪个时刻，比此刻更加显得意味深长又意义深刻了。

我们就是来看花开的。

来看盐城大洋湾樱花的盛开。

春节前第一次来盐城，一天时间，唯一来得及去的风景点，就是大洋湾。它离机场近，接待我的朋友告诉我，大洋湾有盐城最有名的八大碗，吃完八大碗，就可以不急不忙送我去机场。“顶多20分钟。”朋友停了停，又说，“不过，你这个时间不对，大洋湾除了可以让你吃到八大碗，它还有一处最美的景，你要三月份才能看到。”“是什么？”我立刻追问。

“樱花啊。”朋友说。

然后，他带着我在大洋湾转了转，告诉我，刚才坐观光车经过的一片又一片的树林，都是樱花树。

“樱花是在三月份开花。到时候你再来，你会看到特别美的樱花，和很多很多赏樱的人群。”看得出来朋友特别自豪，“我们盐城大洋湾的樱花无论品种还是数量，都是……”朋友停住不说了，我笑了，我看出来他是在思考应该是该用什么样的形容词来形容吧，所以，我就笑着帮他定义了，“是全国第一吧？！”

“也可以这样说啊。”朋友毫不犹豫就接受了我的定义。“这里有五万多株樱花树，只要你想得出来的品种，这里都会让你看到，想不出来的也有。到了春天，大洋湾就是樱花的主场了。”

哦，尽管眼前无樱，但临上飞机前看到的这一大片樱花树，真的让我对盐城大洋湾的樱花季充满了无尽的想象和期待。在大多数人心里，樱花就是浪漫的代名词，落英缤纷四个字，我宁可愿意写成落“樱”缤纷。而身边有些朋友每到季节，也总是会专门飞到日本去看一场樱花季。

好了，现在不用了，既然盐城有大洋湾，那我三月来盐城看樱花吧。

三月，当所有的人只能在网上围观武大著名的樱花在早春孤独坚强地盛放时，我们在家。

我未能如约践行和朋友的盐城三月樱花之约。电话里，盐城的朋友不无惋惜。他告诉我，早樱开了，早樱要谢了，中樱也开了，接下来就是晚樱了。每次通电话他都会问：你们什么时候能来啊？所以，这也是我们在武汉一解封就立刻启程的重要的原因。

“快来吧。”朋友说，“樱花花期虽然短，但大洋湾樱花多，分期分批的开，我们的樱花季叠加起来就有一个多月，能一直开到四月底。你来，还能看到四月盛开的樱花。”

好，我要去盐城大洋湾看樱花。我要用一场樱花的盛放，来重启今年这个春天的开篇。

大洋湾，樱花季，这是我们到达盐城第二天就去的第一站。

我没有失望。那些樱花树上的樱花都开了。樱花园，樱花小镇，甚至路上地面，都

是小小的密密的花。从白色粉色渐次到红色，我能想象得到的关于樱花的颜色，深深浅浅都有。因为是晚樱，树下也已经铺满了落花。树上有，树下有，反而更美。一眼望去，就是浪漫。

心情也忽然就开朗起来。

其实，我们生活的幸福有时候就是可以这么简单。吃美食，听音乐，看花开。人，不过就是需要简单而美好的东西相伴，需要大自然草本植物的唤醒，我们的身心才能一次次复苏和焕发。

占地四平方公里的大洋湾市民景区当然不止有樱花，除了我吃过的盐城名吃八大碗体验馆，最著名的，还有已经举办过两届的龙舟赛，滑板和马拉松和正在修建中的盐渎古镇。

古镇的故事放在下篇，单独写，先说说我理解的龙舟赛。当然，原定每年五月举办的大洋湾龙舟赛，众所周知的原因，2020 年的这一届可能会取消或延后，但带着我沿河道墙漫游的导游美女还是忍不住很自豪地告诉我，每次这里的龙舟赛，人山人海，盛况空前。“很好很好玩的啊！而且我们的龙舟赛每年都上了中央电视台的重点报道。”

为了证明她说的话，路过电视大屏时，她特意停下来，很开心地让我看屏上正在轮换播放的龙舟赛场景和满树樱花。是的，隔着屏幕看，我都能强烈地感受到那种欢乐的气氛，的确是人山人海，有一种气壮山河的气势和场景。

其实我并未能把大洋湾走完，真的太大，我又贪花景，待在樱花小镇就不想动。后来，直到有一天，我和曾经在盐城文化局工作，现在盐城电视台做编导的李导聊起水街，聊起淮剧，再聊起大洋湾，这位盐城土生土长的老文化人告诉我，他理解的大洋湾的由来还真不止是为了种樱花树，是因为那里有一座通海大桥，有天然呈 W 形状的河道，像展翅的鸟，也像某种吉祥的符号，而素有百河之城的盐城的众多水系，最终也是在那里集流成河，汇入大海。所以，那里的龙舟赛，就有了一种真正意义上争相勇渡的精神象征。

我非常愿意相信这样美好的解释。

他的老宅子

让美女们喜欢的是花，让男人感兴趣的一定有一样是老物件。所幸，大洋湾这两样都有。

我的摄影师是80后，年龄并不大，但也有点男人喜欢老物件的通病。当我和另一个女孩在樱花园里转来转去疯拍照片的时候，他冷不丁问我一句：“丹姐，你不是说还有一个好大的老宅子吗？在哪儿？”

哦，是哦，我想起来了。上次匆匆一游，路过景区一片半工地时，陪着我的盐城朋友告诉我，这是正在修建的大洋湾盐渎古镇，里面有真正的老宅。一时兴起，我当时就下了观光车走马观花了一下。印象中，有一幢老房子里的戏台子，大到我这种对古宅古物知识并不够丰富的人，也觉得那是匪夷所思的，我当然要第一时间跟团队的小伙伴们吹嘘一下。

所以，我们就又去了还没正式开放的盐渎古镇。

虽然没开园，但闻讯而来过的人真的很多。网上也能搜到写这个古镇老宅子的很多文章，字里行间，全是惊叹。所以，我也在这里释放一些我一个外行人能感受到的震撼和惊奇吧。并配以图为证。

大洋湾盐渎古镇，是由二十几幢徽派和晋式的院落组成，在建。实话实说哈，有十几幢是真正的老宅，属于民间收集原样搬迁复建而成，主要是珍藏和观赏，剩下的那几幢，是延续同样风格修旧如旧，充实古镇业态的，据说未来会用作古镇客栈。

当时我们能去看的是四座老宅，都是真正的老房子移植而来。四座老宅分别名为观贤堂，敦怡堂，慎耻堂和桂復堂。四个宅子都墙高宅深，檐飞角翘，古色古香又各具特色。每座宅子屋内的木雕石雕和砖雕都精细唯美，于细节处无不透露着古人的智慧和匠心。除此之外，徽派建筑最讲究的是天井和采光。先说后面三个院子，几乎每座院子的天井口都是一门建筑最讲究的风水学。我总结了一下，所有的院子，第一道进门的天井照下的阳光，是采光，意喻采天之光；第二道天井口的光是计时，计刻时间之光，或者我更愿意说成是计刻时辰之光吧；至于第三道天井，那就有意思了，光照射下面是潺潺流水，意谓为“肥水不流外人田”。呵呵，这个意思真的好。

重点在第一个院子。这座名为观贤堂的大院子，其实是个大戏台子。是真的很大的戏台子。它分上下两层，说是有 2200 平方米。至少，是我至今为止见到过的最大的老戏院子了。它的老，关键是指它的每一扇木门每一处门槛，细致到每一处细微处，都是真正的老物件，都有当年民间收集的编号和印记在上面。眼见得知，那就是原汁原物，极其珍贵。

用一个情节来形容这些老院子的震撼珍贵以及我们的孤陋寡闻吧。我的摄影师一直站在那里发呆，怔了似的，我们叫他走，他回过神来对我说，丹姐，我可以就在这里拍两个月。

当然不能让他拍两个月，但我会把他用了很多心思在那里拍的图片，在书里多放一些。以图为证。

以图为证。

后来，我就一直在想，这些院子是谁找来的啊？除了金钱的付出，这得花多少精力和时间去寻觅，去沉淀。真的太厉害了。

大洋湾的人告诉我，这些老宅的主人是一个叫马兆余的盐城人，他花了几十年的时间寻得这些，最后决定放在大洋湾，和政府共有，与市民共享。

“他很传奇，也很神奇。你要找他，不一定能找得到，但你一不经意，也许就会在这些老宅子里的某个角落碰到他。不过，他很少愿意说他自己的故事。”盐城的朋友说。

朋友说的是对的。后来，我在水城度假酒店大堂吧和李导聊天说起马兆余先生的大戏院子的时候，和马先生认识了很多年的李导也说，大家都只看到他的宅子，但很少有人知道他究竟是如何得到这些老宅子的。他不说，他就变成了传奇。马先生想做的，可能就是希望大家就看到和记住他的院子，至于他的故事，早就刻在那些沉淀了幽幽岁月的木质院子和砖瓦里，和他的老宅子永恒共生了。

所以，我后来就放弃了要去对马先生寻根问底的故事追踪。看懂他的老宅子，看懂老木老砖所承载的历史，从另外一种意义上，就看懂了他，已经够了。

03

郁金香花海里的荷兰帅哥

在大丰这里的郁金香花语里，
除了永恒的爱，
更有一种因果的天意和召唤。

最初的半个月，我对盐城的整个印象都是花。公园是花，大街上是花，走到马路上，和回到我住的水城度假酒店，触目可及的地方，也都是盛开的鲜花和翠绿的草木。

说完樱花，当然要说大丰的荷兰郁金香了。那是真真实实的江苏唯一，也是全国最大的郁金香花海景区。

四月，正是郁金香花开的时节，所以我们看完樱花又立刻驱车去看郁金香。那半个月，我就把自己整个沉浸在花海里了。大丰的郁金香花园有多大，品种有多少，百度一下，各位朋友都能找到答案，所以，这里真的是只能用花的海洋这个词来形容。而且是属于郁金香花的海洋。但我要在这里讲的，是这片吸引了众多长三角富裕城市富裕人群接踵而来的郁金香花海，和荷兰人的种种缘分，以及因缘而得名“荷兰花海”的结果。

我去了两次大丰荷兰花海。第一次去，导游女孩告诉我，这片盛开郁金香花的土地很久以前是不长草木的盐碱滩涂，后来，盐城的民族实业家张謇为了改善这片土地，想到在欧洲的荷兰也是有类似的土地，就千里迢迢请来了一位名叫特莱克的荷兰水利工程师，来到盐城大丰，来帮助这里的人们学习改造土壤，进行水利灌溉工程。那是1918年，100年以前。在远道而来的荷兰人特莱克的引导下，大丰的土地开始慢慢像他在荷兰的家乡一样，不再贫瘠，可以种棉花了。当一

片片棉田起来的时候，当年海岸交界处的滩涂地，也终于开始变成良田。

好，时间到了二十一世纪一〇年代，新时代的大丰人心想，既然这片土地上能长出棉花来，那我们也可以试试种荷兰的郁金香啊。一个大胆而美好的想法，经过大丰人多年来坚持不懈的努力，就这样变成一件眼前我们看得到的，无边无际郁金香花海的事实，变成全中国最大的郁金香花海。

这当然是一个关于沧海变良田，良田又变花田的故事，但故事完了吗，当然没完。我要讲的故事除了花，更重要的是人。特别是我在后面的一次安丰古镇之行时，无意当中听见那个始终笑容满面，特别快乐的王艳春姑娘告诉我，荷兰花海里是有一位真正的荷兰园艺师，还是江苏省五一劳动奖获得者，叫尼克，说他已经在大丰花海待了很多年了。

所以我又倒回大丰花海。打了各种电话，终于约到尼克。帮我约的人问我:“曾丹老师，你英语口语好吗？”说到痛处了，我沮丧摇头。“尼克能大概听懂中文，但他不会说。那我给你一个电话，你找她，她一直在给尼克做翻译呢，叫张林敏，你叫她小张好了。”我连连点头。

我和小张还有尼克，是在花海门口一家酒店的大堂见面的。看到小张的第一眼，很惊艳。她和荷兰人尼克都是高高的个子，像模特的身高，一眼看过去非常打眼，也非常亮眼。没想到的是，1995 年出生的张林敏小美女是成都人。好歹我也在重庆待过很多年，都是四川属地，成渝两地亲，所以，寒暄没两句话，我们大小两个美女就姐姐妹妹亲亲热热地攀上了乡音乡亲。

我们先快速而快乐地聊明白了成都张美女来到这里工作的前因后果，然后才想到开始聊尼克的故事。一大一小两位美女用四川

话开心地说话大笑，辣妹子属性坦露无遗，肆无忌惮，看得在一旁的尼克一愣一愣，然后也被感染，也莫名地先笑了起来。

先交代一下，张美女成都人，去荷兰留学，学的是酒店管理，然后就去了当地著名的羊角村的一家餐厅打工实习。餐厅女老板很喜欢这个性格开朗活泼的中国女孩，她自己因缘来到中国的盐城荷兰花海开餐厅后，就反过来，把自己店里这个可爱的中国小留学生，也顺道怂恿带回了中国来，来到盐城大丰。就这样，好巧不巧，成都妞出国去转了一大圈，结果是被外国人带回中国，变成了盐城妹妹，变成在这里荷兰英语说得非常好的"通用"翻译。

变成了坐在我对面，把尼克故事告诉我的美丽桥梁。

这也应该算是这片花海结的另一种缘分吧。

跑题了。现在让我把张美女翻译给我的荷兰帅哥尼克的故事捋一捋，按照他的时间顺序和逻辑写在这里吧。

荷兰人尼克出生在荷兰一个郁金香世家，父亲一直养花，所以尼克真是从小在花丛里长大的。但他说，小的时候他并不喜欢郁金香花，直到10岁那年，有一次，他去父亲的花园，看到正在专心专注培育花苗的父亲，那种认真凝视的态度，突然就让尼克感觉到了一种莫名的力量。

这是尼克原话哈。张美女用她能理解的中文意境告诉我，那个时候，尼克说他有一

种奇妙的预知，觉得郁金香花一定能帮他打开一扇未知世界的门，让他看到另一个美妙的世界。

从那时候起，小尼克就爱上了养花这件男孩子们不太感兴趣的事情。17 岁，尼克就拥有了自己的郁金香花公司，并把自己的花开始卖往全世界。

尼克第一次来中国是在 1998 年。他去的第一个中国城市是西安。说到这里，我忍不住插问了一句："是因为兵马俑吧？"还没等张美女翻译，"兵马俑"这三个字尼克听懂了，我们都心领神会地笑了起来。后来，尼克又去了北京，上海，和中国的很多其他城市。他喜欢这些城市，和这个古老的国度，所以，他开始把他的花生意持续不断做到中国来。不但做郁金香的花贸易，他还琢磨起在中国做郁金香花的培育基地。尼克做的第一个花卉培养基地，是在秦岭脚下。

秦岭那边的生意状况不好。尼克喜欢上海，所以他跑到上海附近的一个县，又开始做他的第二个郁金香花基地。尼克一直荷兰中国两地跑，一年中超过一半的时间他分给了中国，所以，中文语言虽然没怎么学好，中国国情和很多时髦的做法他倒是都明白的。尼克也学会了在网上各种发布他的郁金香推广，微博抖音什么的，一个不落。真是花香也要勤吆喝。这一吆喝，就真的吆喝来了大丰区的几位领导。那时荷兰花海项目刚启动不久，也缺专业的郁金香养育专家，正好，领导们偶然看到尼克在网上做的花广告，就亲自跑去找尼克，真心邀请他来大丰做郁金香花基地，和花海合作。

说到这里，我们又会心地笑了。无论如何，在中国的花市场里起起伏伏奋斗了十几年的尼克，平心而论，生意时好时坏，但当他看到大丰荷兰花海的规划与远景，他知道，他事业真正的爆发点来了。闯荡中国这些年来，他再也没有看到比这里更大的郁金香的世界了。

那是 2014 年，此后，荷兰人尼克，算是在中国找到了能帮他打开他从小期待过的那个未知世界的大门。随着大丰荷兰花海的盛名远扬，他的事业在这里同样稳步发展，生意也越来越好。换个说法，他是和荷兰花海一路相伴走到了今天。走到他在这个五一节前，被江苏省评为五一劳动奖获得者。

太完美了。前有特莱克开耕良田，后有尼克收获鲜花和奖章。两位荷兰帅哥，一前一后，一百年间，都在盐城大丰的土地上得到了他们想要的奇妙而美丽的世界。得到善果。

我们知道，每一种花都是有它的花语的，郁金香的传统花语故事，讲了一个关于皇冠财富和宝剑的男女之爱，意寓永恒才是真正的爱。但我认为，在大丰这里的郁金香花语里，除了永恒的爱，更有一种因果的天意和召唤。

我相信。

我相信这是大丰花海播撒的另一种收获与回报。

最后，再问尼克，喜不喜欢这里，为什么喜欢这里这样的套话时，他还是会一板一眼很认真地给了我三个总结。

“很喜欢。”尼克说，“有三个点：中国的商业社交文化，中国的商业机会，中国政府对农业企业的大力扶持和帮助。”

“而且，我待在这里很舒服。这是一个让人很舒服也很放松的城市。”

尼克说的没错，成都妹妹张美女留在这里工作的另一个最让她动心的理由就是:“这里很舒服啊！这里的人真的很好呢！”

因为成都妹妹的热心，我又有了下面两篇跟大丰花海都有关系的文章。

期待只有爱

每次去荷兰花海，快到花海的马路两旁，总能看到很多幅巨幅的广告牌，那是即将在花海上演的戏剧幻城——《只有爱》。这里先推荐一下哈，这出让人期待的沉浸式演出，是由著名的王潮歌团队制作。但来来回回经过，最吸引我的，是广告牌上那所有《只有爱》的文案词：只有爱是突如其来的，只有爱是千古不朽的，只有爱是无孔不入的，只有爱是……我喜欢。

我喜欢是因为我相信这个世界不止爱，所以只有爱才变得这么重要。需要到需要这样直接而明确。因为喜欢，第一次去花海，我问带我转的花海导游：可不可以剧透一下故事内容给我啊？导游愣了一下，停了几秒钟，突然笑着捂着嘴告诉我："不可以呢，最好要你自己来看。"

“那什么时候能看？”我追问。

导游说：“本来是定的三月公演，但现在因为疫情，就延期了。现在要等通知吧。”

再去花海，巧了，遇到的成都妹妹张林敏正是花海演艺公司这边负责推广宣传的，聊完尼克，我再问起《只有爱》的故事，小美女立刻快乐地大笑起来：“当然可以，我太愿意剧透了。不但愿意剧透，我还可以带你参观游览整个演出场地。”

“因为正好我的工作负责这个。”张美女很开心，“而且，这次的实景剧很创新，有室外，也有室内，室内分五个空间部分来展现五个不同的关于爱的场景故事。观众随剧情流动，演员和观众互动，人剧不分，舞台不限。姐姐你一定会喜欢的。”

说得我也心花怒放起来，我开开心心跟着小美女在花海里又重新转了一圈。首先，有小美女一路专业解说，让我搞明白了上一次来时我没搞明白的，那些花海河面上漂浮着的一个个五颜六色尖尖的玻璃小房子的真正用途，也知道了《只有爱》五个场景空间奇妙的设计布局，知道它没有传统剧目意义上的完整情节的故事。

我不打算剧透，我保密。但真的非常创新。最大的亮点是整个花海就是故事场景，所有的观众都能融入与自己有关的爱的故事里去，参与演出。

到底是怎样的《只有爱》呢？放两个随手拍的场外片段爱的花语吧：

“……楼下的你又在阳台上洗衣服了。我从来没有见过你，但你洗衣服时清新的花香味，已经深深印在我心里。那花香味出现在艳阳高照，出现在雨后初晴，也出现在我的记忆里。

“又是一个午后，伴着洗衣机隆隆声响，借着随风摆动的床单，楼下的花香味又飘到我的脑海里，那阳光下带着花香味的裙子，芬芳了我整个夏天的。

“在梦里对你自我介绍：‘你好，我是马俊峰。’

“……我是郭森，这首曲子是为你写的，你不会记得我，但我记得你。

“那天，你弹的就是这架白色钢琴。那天，我看到琴声里开出一朵朵红色的玫瑰。

“那天，我从此苦练钢琴。

“我大概不会再见到你了，但我今生写的每一首曲子，都关于你。我把毕生的爱献给你。”

我的理解，在花海这场《只有爱》的大戏里，只要与爱有关，所有的人都是故事的主角。

羊角村餐厅的温情卡片

荷兰有个羊角村，荷兰花海有个羊角村餐厅。荷兰花海羊角村餐厅的盖比店长就是来自荷兰的羊角村。

有点绕。

但事实是，盖比比成都妹妹张林敏更早来到大丰，成都妹妹还是被荷兰盖比带到盐城来的。

还是有点绕。

我没有见到盖比，成都妹妹带我去了盖比在荷兰花海的那个羊角村风格的餐厅。成都妹妹告诉我，因为疫情，盖比还没能回到中国来。“但你知道吗，之前我在荷兰读书，就是在盖比的餐厅打工，就是现在花海餐厅这个样子的，一模一样，特别荷兰。”回到自己熟悉的环境，成都妹妹兴奋起来，她一样样指着餐厅玻璃柜里的摆设物件儿让我猜“这是什么”？我看得出来她不需要我回答，她需要我聆听，她需要她来把这些她熟悉的，从荷兰带过来的东西告诉我是什么。就像一个孩童，快乐地把她的宝贝迫不及待要分享给别人。

我真切感受到了她的那份快乐。

成都妹妹又告诉我，“丹姐姐，你知道我在那里打工给我最大的收获是什么吗？他们真的从来不会觉得服务员就是一份侍候人的工作，他们认为，任何工作都是把自己获得的快乐去分享给别人，这才是工作最大的价值。”

说得真的很好。半天时间，全程荷兰花海，她的快乐已经像《只有爱》的另一句广告词，“无孔不入”地给予到了我。

这让我相信，所有与花结缘，热爱自然与花草的人，任何情况下，总是有一颗灿烂的心的。

晚上，刚回到酒店的我就又收到张美女给我发来的一个小文件，她说，盖比的餐厅还有一样她喜欢的宝贝，那就是她做的温情卡片。她发给我，希望我能喜欢。

我当然喜欢。所以我把盖比的卡片放了一些在书这里，算个引子，如果看到书的人和我一样感兴趣，就去大丰荷兰花海吧，去看无边的郁金香盛开，去找到那个郁金香海洋里的羊角村餐厅，和种种意想不到的惊喜。也许，还能巧遇那个喜欢用笑容在鲜花中传递快乐的成都妹妹。

我真的很喜欢。

我喜欢在大丰花海里找到的来自荷兰朋友对盐城郁金香的认可和喜爱；我喜欢因为一份花语的美好传说变成绵延近百年的中荷两国民间的友谊和善缘；我更喜欢真诚朴实的付出比鲜花本身带给我们的一生的获得。

因为鲜花，所以快乐。

04

眼见为实：枯枝怒放牡丹花

它是历史书写史诗时滴入人间的一滴墨，它用它活化石般别样的存在，见证着远古和未来。

用“繁花似锦”这样的词来形容盐城，真的一点不夸张。这是我对自己走入盐城后最强烈的初印象。但关于盐城的花，真的再也没有比传说中的枯枝牡丹更吸引我的了。

如果不是来到盐城，不是就要走近这个传说，我想我是似信非信的。

枯萎的枝干上盛开牡丹花？！想想就觉得不可思议。而且查资料看野史故事多了，说起盐城便仓的枯枝牡丹，真的是神乎其神。

为了让大家知道有多神，我还是把传说一一列举在这里吧。

传说一：来自古书《镜花缘》。唐代武则天为庆贺登基，责令百花隆冬开放，对此有违天时的圣谕，百花不敢违抗，唯有牡丹不但无花，连一片叶子也没有。武则天大怒，遂令架火炙花，宫中两千余株牡丹瞬间被烧成枯枝。然牡丹不畏权贵，对武则天的恣意横行极为不满，带着遍体鳞伤，却在烧焦的枯枝上绽花一朵，以示抗争。武后怒气难息，遂将枯枝牡丹贬出长安。淮南卞滨敬其气节，移植于淮南卞府后花园内，遂成牡丹异种。作者李汝珍还在书中特别强调：“如今世上所传枯枝牡丹，以淮南卞仓(便仓)最多……”

传说二：元朝末年，少年卞元亨膂力过人，曾赤手空拳打死一虎。后追随吴王张士诚，为其帐前兵马大元帅。士诚兵败，元亨隐退便仓，因赶路仓促，途中马鞭丢失，遇一梅花鹿，口衔枯枝，跪于马前。元亨取其枯枝，策马而归。至便仓家中，插枯枝于地，不几时便开出花来，遂为枯枝牡丹。

传说三：明朝一伍佑籍盐官杨应广，悉元亨遣戍辽东，知其牡丹奇异，钟爱之灵气，遂移植官署，但栽而不活，只得弃之。卞氏后裔复取，栽之原地，竟又枝舒叶惹，生机勃发。是为便仓枯枝牡丹。

无论传说的故事哪个是真，也无论英雄帝皇孰是孰非，结果只有一个，多少风流已随雨打风吹去，但枯枝牡丹仍在，而且只在盐城便仓的卞氏宗祠园内。

重点是据说只此唯一出处。

所以，去便仓看奇花牡丹，便成为我这次关于盐城“花”主题的重中之重。

所以，当我和盐城朋友坐在一家小龙虾

馆准备开吃当季肥美小龙虾时，又忍不住滔滔不绝说起便仓牡丹的种种典故，说得就像我刚看过似的。其实我没有。朋友看我说得头头是道，问我，你去看了吗？我放下一手油虾，尴尬摇头："不过我明天就去。"我声明。

"那你看了再说。"朋友笑，"要看到枯枝牡丹哦，不能只看到牡丹。只有看到真的枯枝牡丹花，你才会觉得真的神奇。赶快去，这两天牡丹正开着呢，再不去又晚了，得等明年了。"

这又勾起了我的好奇心。此牡丹非彼牡丹，难道便仓还有别的牡丹花？

第二天阳光明媚，四个朋友一车驱往便仓。到了才知道，传说中栽有枯枝牡丹的卞氏宗祠是在便仓镇上。镇不大，也因为正是牡丹开花的季节，闻名而来赏花的人很多，车也很多，就把一条不大也不宽的小镇街道挤得有点熙熙攘攘的感觉。在这个特别的春天，这样的人群，和争看传奇牡丹的心情，就格外的让人温暖和亲切。

说真的，卞氏宗祠是老宅，园子不大，但满园都是花草树木，都围绕着园中正在盛开的牡丹花，大朵的牡丹花开得非常漂亮。许多人在和花合影，姹紫嫣红，人面桃花。这个时候，没点儿坚定的信念，真的就会"乱花渐欲迷人眼"，看见花就醉了，谁还管是什么样的枝头上开出来的。

但我很较真，我知道我此行的目的是验证神话，我可不能被眼前繁花乱了心智。我要找到枯枝牡丹。我要看到的是枯枝上开出的那些牡丹花。

可是我失望了。我在园中间阳光下盛开的那片牡丹花下找了个遍，“没有枯枝啊，不是枯枝啊，就是正常的牡丹花啊，怎么回事？”我扭过头去问同行的朋友，一看，一个人影儿都没了，不知道跑哪个角落去跟哪株花合影去了。

我坐在园子里的石凳子上发了会儿呆，心想，传说也会言过其实吧，也就是一个故事，不一定能都当真。这里花开得是非常漂亮非常大，但有时候，有些故事，真的也许只是因为有了神话的加持，才神乎其神，赋予了故事和物体本身的传奇性而已。

说白了，也就是更大更美的一园牡丹花而已。

拍拍屁股，我站起来准备走人。这时，看到园中角落内侧有黑纱罩着的一片花园，很多人在看。“那是什么？”我自言自语，身不由己走过去。

“牡丹啊！”身旁的保安小哥看了我一眼说，“你们不都是来看这个枯枝牡丹的吗？”

我大喜过望：“这里是枯枝牡丹？！”

“要不然呢。”保安哥哥看我的眼神是在责问我的孤陋寡闻吗？是哦，我来这里不看枯枝牡丹，那来干什么？

赶快虚心请教了一下保安小哥哥。原来，卞园虽然满园的牡丹，但真正的枯枝牡丹只有七株，也就是眼前顶上罩着透明黑纱，四周拉着红绳围起来，还有两三位保安小哥一直看护着的这一片。

真的只有七株哦，静隅在卞园的一处角落。

七株牡丹，都叶繁花盛，花开得更大更漂亮，但它的枝……“啊！”我惊喜地叫起来，“快来快来，我看到枯枝了，真的都是枯了的枝干啊！好神奇啊！为什么这样的枝干上能长出这么青翠的绿叶，开出这么大的牡丹花啊？真的太神奇了！”

我发誓，当我看到心心念念听了很多传奇说法的那七株枯枝牡丹时，我的兴奋和激动已不是我这个年龄的人应该有的。我已经很久很久没有这样单纯地激动过了，而且只是因为一朵花，和花的枝干。

我忍不住打电话，把那三个不知走哪儿去了的朋友叫回来。果然不出我所料，他们和我之前一样，看“花”了眼，看见了牡丹，没看见枯枝。

我们每个人都很惊奇。七百年的牡丹啊，而且千真万确，枝干是枯竭的，但就是这样的老树，长出新叶，盛开花朵。

的确眼见为实。所以一定要相信，一定要亲眼见到，一定要亲手抚摸，我们才会确认那些神话和传说其实都有可能是真实的。我也宁肯相信，那些植物学家们对枯枝牡丹“长一尺缩八寸”的科学而理性的研学，都不如当我亲眼见到以后，对大自然善因良果的另一种心服口服。

站在枯枝牡丹前，我确信，植物不但有灵性，它还承载并传承历史。它是历史书写史诗时滴入人间的一滴墨，它用它活化石般别样的存在，见证着远古和未来。

奇花只在本地栽

枯枝牡丹只能在便仓卞氏庄园才能生长成活。

这是几乎每一个我问了，盐城朋友最愿意给我的一份答案。

“那有没有试过把它移植或者移种子去别处栽培呢？”我试着再问。

“为什么要把它移走？为什么要让它到别的地方试种呢？”盐城的朋友不解地看着我，“古书上已经说了，它离开这块土地就会死，那我们就让它好好地待在卞氏园子里。”

就是这个道理，朴素又真诚。

所谓一方水土养一方人，对于植物花卉，它的灵性有时候更甚于人类。对本方土地与河水风物的情意感知，它的灵性是我们人类无法预知，只能感恩的。

奇花枯枝牡丹，更是如此。园内石碑介绍上就列举了它真实的四大奇事，

全部为历代便仓人亲眼所见。

我继续写在这里。

一奇：如《镜花缘》所云，“无论何时，将其枝梗摘下，放入火内，如干柴一般，顿时可燃”。

二奇：花的花瓣应合历法，若闰年13个月，便是13瓣；若是平年，则只有12瓣。

三奇：每年都是谷雨前后数日开花，准时无误。

当然，最奇的是第四奇：枯枝牡丹似乎能感应世事时势，颇有灵性。1949年新中国开国大典，1971年我国在联合国恢复合法席位等，枯枝牡丹均花开二度；1976年周恩来朱德毛泽东相继逝世，同年10月30日竟放白花；世界妇女大会在北京召开、“九七”香港回归、中国加入世贸组织、党的十七大召开，枯枝牡丹均二度放红。正所谓国有祯祥，花有余庆。这虽为时事与自然的巧合，却足以让人深感其神韵。

令人叹为观止的神奇，但我却宁可相信，这七株生长于盐城，已有七百余年历史的牡丹枯枝，早已看透岁月，洞穿世事。它用花的语言，明示了所有它能感知到的人世间一切真正的美好与善缘。

便仓的土地就是它记录历史的笔墨，盐城的山水是它存储世道的竹书，它不能离开。

还有更大的一个牡丹园

要是去了便仓看完枯枝牡丹还不过瘾，那在这里再推荐一个去处，那里可以看到更多更大的牡丹花，那就是黄尖镇的黄尖牡丹园。

先预告一下，黄尖镇就是盐城著名的丹顶鹤小镇，它这里也有很多好玩的去处。有一次，本来约好了跟盐城的朋友在那边的民宿鹤影里会合吃晚饭，我到早了，朋友就让我来旁边一公里远的牡丹园会合。我说我不去了，我都看过枯枝牡丹了。朋友坚持，说各有风情，让我一定去看看。说真的，去了，我才再次确认，盐城人民有多热爱花。

我去的时间有点不对，黄尖牡丹园的牡丹花大多已谢，但一起的黄尖朋友告诉我，盛开的时候这里就是牡丹的海洋，品种繁多，最大的花朵宛如巨碗，而且这里什么颜色的牡丹花都有。

相比起小而精巧的便仓牡丹园，黄尖牡丹园就是牡丹的花海。我忘记问那片花海的具体面积大小，但让我印象深刻的是，在那一大片一大片的牡丹田园里，还有一小块是属于丹顶鹤和孔雀、白鹭的家园。它们在草地上悠闲漫步，四周花海簇拥，偶尔，鹤与鹭展翅腾飞盘旋，孔雀长鸣，一片和谐温暖。

真是美好的日子。

05

铺满压舱石的安丰古镇

只要看见这条长长的石板路，
就仿佛看到了千百年来盐城作为盐都辉煌的盐业历史和人文。

这是一次非常愉快的古镇之行。

安丰古镇盛名在外，其实去之前我看过一部介绍它的文化类纪录片，拍得很美。缓缓滑过的镜头和讲述者深情的诉说，都能感觉到对这个古镇深深的喜爱。再加上同行的摄影小伙伴们已先我去了，回来告诉我的信息也是：“丹姐，非常值得去，小小的古镇，只有一条街，哦，只有半条，但我们保证，你一定会喜欢。”

先去的小伙伴们之前和我一起，曾经在台儿庄古城待过很长时间，那座北方著名的新古城给我们留下过很深的印象，他们能说安丰古镇好，那就是真的值得去了。

我很期待。

从盐城市区到安丰古镇并不算远，开车半个多小时就到。我约了一个外地来的朋友一起去。去之前，我联系好了盐城朋友介绍的那边古镇旅游管理的对接人，一个叫王艳娟的女孩。

声音很温柔，听得出来是个年轻女孩儿，电话里，她让我到了就给她打电话。我看了看时间，发现我们出发的时间有点尴尬，预计到达的时间会是十二点，正是吃饭的点儿，是有点尴尬哈。

这个点儿，联系还是不联系？素不相识，约请吃饭，不知道小王姑娘会不会不方便，也不知道他们中午会不会需要休息一会儿？

我一直小小地纠结着。

我还是联系了，因为我在街上找不到停车场。我一边听着小王姑娘告诉我怎么进停车场，一边客气地告诉她我们可以晚一点再去古镇，让她先忙，不急。

“没事的，我过来找你们。”小王姑娘说。

等我们停好车，小王已经在停车场等着我们了。南方四月的阳光下，看见皮肤白白净净的她笑容温暖地站在那里，向我们招着手。王姑娘长了一张笑容可掬的脸，只看她一眼，就好像一位认识了很久的好朋友，一点初相识的陌生感也没有了。

她竟然一直在等我们一起吃午饭！她的自然随意，让我为自己一直纠结的那份心态顿时汗颜起来。正准备走，又出了状况，我和一起来的朋友竟然找不到车钥匙了。我们手忙脚乱，翻遍了整个车，还是没有找到。小王一直安安静静站在旁边，陪着我们找，安慰我们不急。我和朋友商量了一下，觉得这样不行，就决定他不去了，留下来接着找，让我跟小王先进去古镇。

“不用的，不用着急，慢慢找，肯定在车上，找到了我们再一起去。”小王姑娘白净的脸上始终自带笑容。

定下心来，在座椅下终于找到了车钥匙，然后，一起吃了一顿小镇上的午餐后，我们就自然而然熟悉了起来。我们一边聊天，一边开始跟着小王走进安丰古镇。

站在小镇十字路口的旅游接待中心门口，小王手指街横向的两边，告诉我们：“这两边都是安丰古镇，我们今天要去的是南街，南街是已经修复开放旅游的，北街还没有。整条街长七里，所以又叫‘七里长’。”

看见我有点疑惑地看着我们站的南街与北街的交界十字路口的街面形状，明显与目光所及的南北街门楣完全不同的风格，小王又笑着解释道：“我知道你们在想什么，以前没想到要做古镇保护和旅游开发，就从中间进行城镇改造，所以我们现在站着的南街北街分界的路口，这些新房子是被改造修新过的，是和里面不一样的。后来，古镇开始保护和旅游开发，就先修复了南街。”

“南街很美很有情调的。”小王姑娘很真诚地又补充了一句。

“怎么个有情调呢？”因为那温暖的笑容，也因为她给到我的天然的熟悉感，我开始像好闺蜜一样故意反问她。

小王姑娘特别认真地想了想，才回答

我的这个提问。“应该说它不只是一座可以游览的古镇，它还是一个很有生活味儿的古镇，是有接地气的生活味儿的古镇。”她说，“我记得我每次走在古镇小小的街道上，都能看到左邻右舍有熟悉的大叔大妈们出来跟我打招呼，还能看见他们放在门口的炉子点着的炊烟袅袅，看见他们坐在门口晒太阳聊家常，看见他们逢年过节门上贴着恰逢时节的对联。我还拍了那些对联和老炉子的炊烟。我自己是会很喜欢这样有原本真实生活味道的古镇的。”

我也喜欢啊！

正说着，迎面走来一位大姐，正笑着向小王打招呼：“小王，又带客人来了？”大姐和小王说话的神态熟悉又自然。小王笑着回应，两个人亲亲热热地寒暄了几句家常。目送大姐远去后，小王打开她的手机，让我看她拍的古镇上的那些她和我都喜欢的生活的小场景。

她拍的那些照片，在我们一路行走的小镇两旁，真的触手可及。就是特别真实怀旧又曾经常见过的那些生活状态。是存在于我们这个年纪的年少时代，和我们父辈们那种“从前慢”的老时光里的细碎的场景。

而这些遥远了的景象，现在就在我们眼前，在我们行走的安丰古镇窄窄的小巷两边。

安丰古镇的街道不宽，真的只能用小巷来形容它那条直直的路道，走在这条小巷的道路上，小王姑娘调皮地问了我三个问题。

第一个问题：铺满小镇巷道中间那一块块条石板是什么来由？

第二个问题：两旁屋檐青瓦上长出的那是什么花？

第三个问题：我们路过的抬盐巷的那口古井还能打出井水来吗？

我选择先回答第三个问题。因为我正站在那口古井旁，我朋友正在身体力行摇着井轱辘，他用实际行动帮我回答了这个问题。这口陪伴了古镇上千年的古井，依然每时每刻还能够打出清冽的水来。当年古井为烈日下劳作的盐民送去了一口甘甜的井水，如今，依然还是古镇上居民最重要的水源之一。

第二个问题，我看了半天老房子屋檐上的那些似草非草似花非花的植物，想起以前

我在博鳌渔村老宅看到的类似的花。“是瓦花吧？”我脱口而出。小王姑娘点点头：“也可以这么说吧。就是瓦檐上的青苔长出的苔菁，也叫瓦松。”

好，第二个问题也算过关。但是小巷街道上那些条石板，我看了半天，还真没研究出名堂来。我只是觉得这些整齐排列连接整个古镇巷道的条石很漂亮，但要说出具体什么来由，对于一个像我这种几乎从不爱做旅游攻略，喜欢盲游，全凭第一感觉的人来说，是个难道。

我求助小王姑娘解惑。

“先跟你讲个故事吧。”小王姑娘开始解答，“安丰在历史上是一个煮盐的盐场，有着很灿烂的海盐文化和深厚的历史底蕴。当时安丰生产的盐大量远销苏南各大州府。安丰三面环水，主要靠船运。过去的桥很矮，船运盐出去的时候，吃水深，压着船体，能过桥，回来的时候船空了，浮起来了，就不好过桥，船工们就用石板压着船体，就能顺利过桥了。年深日久，后来，安丰盐场本地人王嘉令，独捐了白银五百两，购得盐船从各地返回时带来的压舱石，铺在镇上，久而久之，就形成了这样一条七里石板长街古镇。王氏家族当年是安丰大族，王嘉令的祖父为王艮的侄子，家道富足，到王嘉令时，家道中落，前半生以盐为业，在穷困中打拼，五十岁时脱贫宽裕，六十岁时家财万贯，但仍富不忘穷，仗义疏财，为乡民们做了很多善事，使得乡民敬之。”

故事有点长，但那一块块关于压舱石的真实故事，真的感动到了我。听完小王姑娘讲完她同姓前前辈的当年善举，再看看眼前这条始建于明嘉靖至万历年，绵长整整七里地，绛黄色的麻石板路，再次深刻感受到了这座盐业古镇厚重而深远的历史。

就用石板写就历史。

是的，只要看见这条长长的石板路，就仿佛看到了千百年来盐城作为盐都辉煌的盐业历史和人文。它就是一幅连接并承载岁月的画卷，在用它的每一道路纹，铭刻与纂记。它和安丰古镇融为一体，用最真实的方式，在展现盐城历史的“清明上河图”。

伊力原酒

鲍奶奶在睡觉

永远笑容满面的小王姑娘说："我要带你们去鲍家大院看看。"从古镇南街口走了个来回，看了沿巷道两侧的几处盐城的名人古宅，以及范仲淹围堤捍海护盐的"范公堤"故事后，小王姑娘迫不及待推荐道。我确信，这个时候她想介绍给我的，不一定是最有名的名宅，但一定是她自己很喜欢的。就像她给我看的她喜爱的那张照片，古镇巷道每家每户门口都会有的那个老炉子里的那道炊烟。

那样的场景，是能温暖到她，也温暖到我的。

果不其然，鲍家大院不在古镇主巷道上，在侧巷深处。走到鲍家门口，门旁挂着东台市政府的大院文物保护简介：鲍氏大院（清代）始建于清嘉庆年间（1796—1820），清末秀才鲍蕴皋祖先鲍致远建造的"钱庄"，主要部分建筑面积为411.2平方米。坐北朝南，外有两层门楼，正宅前后穿堂三进，13间，正门设于东端，进门为宽2.6米的长巷。厅前原有花园，今仅存半亭。该建筑布局自然，营造精巧，雕饰质朴，集中体现徽派建筑与地方文化相渗透和融合的特色。

当然，小王姑娘让我来看的重点肯定不是鲍家院的建筑特色。等转完新旧兼容，还未完全修复完成的鲍家主院后，她看看侧门，告诉我："鲍家最小的那个儿媳妇鲍奶奶还住在这里呢。鲍奶奶九十七岁了，耳不聋眼不花，每天上午出去遛弯儿，中午睡个午觉，下午约着镇上的老姐妹们一起搓搓麻将聊聊家常什么的。我看看鲍奶奶在不在哈。"说完，小王敲了敲小院里侧旁的一扇木门，没有回音。"鲍奶奶应该还在睡觉。她一个人住在这儿，鲍家后一代基本都散布在海外了。鲍奶奶念旧，她就不想离开安丰镇。"

讲起鲍奶奶的事情时，小王姑娘就像在讲自己熟悉的一位家人，一位陪伴很久的老奶奶。那份情感的代入很真诚，直接把我也引进了那种家人般的情绪关怀中去了。

"那平时谁照顾她啊？"我问。

"她身体很好的。有个阿姨，定时来帮奶奶做点家务，还有街坊邻居们，天天搓小麻将，都门挨门，几步路就到。我们也会照顾她啊。"小王说，"别看鲍奶奶年纪大，她麻将打得很好的呢。"

我好奇了，我也好想见见这位小王姑娘口中神清气爽的百岁鲍奶奶。所以，我们在大门口外又转了一圈，从雕花镂空的砖缝里打量了一下还没对外开放的鲍家花园，看了看时间，小王说试试运气，再去敲敲鲍奶奶小小院的门。

鲍奶奶还在睡觉。

好吧，我们只有晃到主街上，跟着小王姑娘去吃镇上上过了几次央视的网

红古街烧饼。我们一人吃了一块甜辣味的“龙虎斗”烧饼，和店主聊了会闲天，又拉了把小木凳，坐在懒洋洋的古镇阳光下，看着一只懒猫，被一只小土狗和另一只随后跑来的泰迪贵妇犬撩了又撩，闹够了，猫狗们又一起静静趴在那里，和和睦睦地晒着太阳，不动了。小镇上小动物们之间欢快的日常游戏打闹，看得让人不由自主就会闲散慵懒起来，慵懒到我也一动不想动，就愿意这样被古镇的千年阳光直接晒化在这里了。

那样的阳光，那样的老街，那样的狗嬉猫戏，古镇生活状态，是真的会传染的。

很舒服，很生活。

晒够了，决定第三次去看看鲍奶奶。

好吧，看来那天的阳光真是温暖，第三次去，鲍奶奶还在睡。那扇小木门静悄悄的，不死心的我隔着木门小小的缝隙往里看，只看见阳光洒满一地，未看见佳人奶奶。

鲍奶奶，到点打麻将了，咋还不起床呢？！

呵呵，回到市区，我跟之前先去过的朋友念叨起这个事，朋友笑我，你是不是想等着鲍奶奶醒了跟她打麻将啊？“是哦！”我也哑然失笑起来，表示赞同，“说对了，就是想去鲍奶奶身边坐一坐，和奶奶打一副岁月麻将呢。”

是的，如果再去安丰古镇，一定要等到鲍奶奶睡醒，哪怕看着她和她的那些老姐姐老妹妹们口齿不清地扯着家常打着麻将。她们在，就是岁月。就是岁月的“压舱石”。

06

想吃一碗东台的鱼汤面

那是家乡的味道，是黄海最鲜美的鱼虾熬制而成，
也是从小滋养他们长大成人的食粮。

还没到盐城前，东台的鱼汤面就已经如雷贯耳了。所以，在前文里，和那个如约等着我，给我洗车的盐城小哥闲聊时，一直赶路，没来得及吃晚饭的我就认真问过他，旁边有没有好吃的鱼汤面啊。小哥说有，就在转弯过去的街面就有一家店。记得当时我还又认真追问了一句："正不正宗啊？"小哥也认真而茫然地回了我一句："反正我们都在那里吃啊。"

我满怀期望寻过去，不料，疫情期间，那天也晚了，那家店已经关门了。

后来，我在盐城吃过两次鱼汤面。一次是在水街的八大碗早点馆，满满一桌子琳琅丰盛的早餐吃完，再加上鱼汤面上来，我就撑得不知其味了。另一次是在欧洲风情街，我和同行的小伙伴们认真找到一家店，认真在里面吃了一碗鱼汤面，觉得很美味。后来，小伙伴们告诉我，鱼汤面最正宗的老店是在东台安丰古镇上，那是有史书故事记载的。

我当然知道。可是，一去到安丰古镇，我却把这件很重要的事给忘了。我就走着压舱石，想着鲍奶奶，忘了鱼汤面。

没吃到东台最正宗的那家鱼汤面，我又有点失落了。小伙伴们安慰我，不要失落，他们去了好几次那边，想找到传说中古代那位流落到安丰古镇，反而被当地百姓教会用本地鲜美鱼虾做成一碗鱼汤面谋生的宫内御厨开的那家正宗老店，却总是没有找到。当地人要么像洗车小哥，把自己常吃的那家推荐了，要么就泛指一家，问多了，也有人想想后就说，关了吧，开新店了吧。

所以，去了几次的小伙伴们也没吃到故事里说的最正宗的，东台安丰的那家鱼汤面。

后来想想，吃没吃到那家鱼汤面不重要，重要的是我们都很喜欢安丰古镇。我们会经常比较我们各自去的时候能发现和"撞见"的每一处给了我们惊喜的安丰的故事。比如，我知道的压舱石的由来，他们去了，看见了睡醒了正在小院晒着太阳的鲍奶奶。当然，我们也共同知道了修造压舱石之路的王嘉令的祖先大哲学家王艮，和"先天下之忧而忧"的范仲淹在东台安丰的种种传说。

安丰的确是一座承载了很多历史文化的

古镇。正因为如此，我不得不在这里必须把众所周知的故事，用我的语言方式再陈述一遍。我在想，唯有如此，我的这本写盐城的书，在所有的风花雪月繁华街景看尽了以后，我的文字里，才有了一块我要的“压舱石”。

还是众所周知，盐城东台安丰古镇，因为地处黄海之滨，生产优质食盐，自唐开元年间，就是中国历史上最重要的盐场之一。有“天下盐利两淮居半，两淮盐场安丰几半之”的说法。而盐业，也是当时朝廷最重要的税收。由此可见，东台安丰在当时的商贾云集，繁荣景象。但盐商富足，盐民们却是日晒雨淋，劳作困苦，不仅要每日煮海煎盐，他们的居所还会经常遭受海潮海涝的侵袭，苦不堪言，直到北宋天禧五年，时年32岁的范仲淹到来。范仲淹时任盐仓监一职，负责当地盐业的生产和转销。刚上任，他就目睹了一场海潮倒灌的灾难，几乎所有的盐灶都被海水冲毁，盐民们流离失所，民不聊生。看到此番悲惨现状的范仲淹悲愤而心痛，为了灾民，他直接越权上书朝廷，要求修造捍海长堤。建议被朝廷所采纳，范仲淹和好友滕子京即征集了四万多民工，开始修筑长堤。历经无数磨难，千辛万苦，耗时五年时间，一条绵延数百里的捍海长堤终于修成，横亘在了黄海滩头，阻挡住汹涌的海水。盐场和农田有了保障，往日逃荒的灾民们也渐渐开始回归家园，开始了重建家园的安生日子。

至今，一条长堤保住了千百年来这座苏

北小镇民生的安稳，和经济的繁荣。时间的不断冲刷也早已让沧海变良田，当年的捍海长堤已不再需要行使往日的使命，但后世的人们为了感念范仲淹当初的善行善举，把这条长堤命名为“范公堤”，并修祠纪念这段历史，不忘善源。

王艮是王嘉令的祖先，安丰镇盐民家庭出生，曾师承王阳明，创立了中国哲学史上著名的“泰州学派”。王艮在安丰流传最广，最使人尊敬的是他主持制定的《淮扬乡约》，树立了“以善立人”的精神风貌和乡土美德。并且王艮立志于回乡办学，在安丰创办“东淘精舍书院”，专门为盐民百姓、贩夫民工们开课讲学，不收一分一厘。他的身体力行和守约奉献，不但影响了家人后族，以至有了后辈王嘉令的捐银买压舱石，更是用一份中华民族传统品德观“以善立人”塑就的乡土美约，为安丰，为东台，以及整个苏北民间，锻造了一座精神富足的丰碑。

这样的丰碑不但在安丰人心中，更是树立在了安丰古镇无处不见的目光所及，点滴所在，融入在他们的衣食住行和日常行为举止中。

我看过的那部纪录片里，就讲过一位十八岁嫁到安丰镇来的丁友珍老人，在婆婆的教导带领下，一直默默为街坊邻居扫地八十年，从桃李年华到期颐之年，而且，她还身体力行地把自己这项无私的行为传承给了后代。丁友珍老人的想法很朴素，她告诉儿子的话，也就是当初她婆婆传递给她的想法：我们家离沿河道的巷口最近，那些运草车落下的草屑如果一天不打扫，街巷就会很脏。不要去计较公共空间该不该我们打扫，有能力帮助了别人，以后我们有难处了，别人才会帮助我们，住在一个镇上，互相帮助就是应该的。

所以，丁友珍老人去世后，她儿子也接过了她的扫帚继续在古镇扫地。这样的传承，成了丁家的传家宝。古镇人刻了一副对联：廿龄小郎舍身赴海遇惊涛，百岁人瑞执帚扫街和闾阛。下联就是专门为她刻的，以示崇敬。

安丰古镇这样的小故事很多。很多很微小而不起眼的事情，在安丰人心里，坚持久了，就是值得尊重和颂扬的美好行为。是他们生活里的行为准则，是他们始终要坚守在心里的对善的一种信念。

就像安丰人不管走多远，回家第一件事，总是要先吃那碗热腾腾的鱼汤面。那是家乡的味道，是黄海最鲜美的鱼虾熬制而成，也是从小滋养他们长大成人的食粮。是他们的土壤，更是他们另一种意义上的“粮仓”，丰盛而深入骨髓。所以，我这样理解，对于安丰人来说，鱼汤面就在他们心里，是用世世代代传承的《淮扬乡约》这份最朴实的汤，熬在了他们的手心里、眼眸中。

那碗鱼汤面，滋养了无数代东台安丰的百姓。

不用找了，我终于知道了我要的那碗东台鱼汤面在哪里了。

东淘兴 安丰盛

史记，安丰原名东淘，取海水东淘之意，范公仲淹兴堤捍海护盐后，东淘不再荒滩盐碱，百姓富庶而商业兴盛，范仲淹思之，遂将东淘更名为安丰，取意“民安物丰”。从此，安丰古镇富甲名扬天下。

而安丰古镇的兴盛史，也就是盐城的半部盐业发展史。看天下安丰，知近代盐城。

07

南海舰队来的“鸭司令”舅舅

很多标签都叠加到『舅舅』身上，我们还是觉得一点儿都不违和，都很合适他。

还没去盐城，我就大张旗鼓地跟在北京工作的盐城朋友吩咐：把你们在盐城的好朋友统统介绍给我认识哈，我要在那里待好几个月，朋友多多益善，最好是能带我吃喝玩乐的那种。“最好是帅哥！”我又笑着强调了一下。

朋友甲听进去了，认真给正在盐城的我打来电话：“怎么样，有人请你吃喝玩乐不？要不我给你介绍一个朋友？”

我当然求之不得。就这样，认识了外号“鸭司令”的“舅舅”。

写到这里，忽然觉得，从认识这段时间以来，我对这位新朋友的称呼其实有点乱。他本姓陈，因为曾经做过机关单位一副主任的职务，正经场合，我就称呼他陈主任，玩熟了，要么跟着北京朋友唤他“舅舅”，要么就很形象地叫他“鸭司令”。

一会儿就告诉大家为什么会有这样两个称呼哈。

第一次和陈主任见面，我一本正经打电话自荐，介绍自己和来由，一本正经称呼他陈主任。然后，听见电话那边声音很爽朗很大声地就回过来：“我知道的，我请你吃饭啊，你们几个人？都来都来，来越多越好啊！”

顺理成章，就约了晚上六点，发了个定位给我。我就“越多越好”地带着我的全部小伙伴们，准时六点，就到了他发给我的一个叫“阿玛兰”的有点异域感称呼的餐厅，爬上三楼。

服务员带我们进了一个大包间，说陈总还没到，让我们喝茶吃水果。我们一团人马，喝了一轮茶，吃了一轮水果，又喝了一轮茶，七点了，没等来陈主任，却等来了几位也是被他约了准点来到的盐城朋友。

七点过了，包房里气氛有点尴尬了。两拨不认识的人马在陈总的餐厅等陈总（这时候我们已经知道阿玛兰餐厅就是他自己开的了），问题是，两拨人马各自都打过他电话，

他都没接，也不知他是怎么回事儿。

我放弃不打了，开始又一轮吃喝。那边的朋友应该跟陈主任很熟，就一边跟我们解释，一边还是有点尴尬地一遍又一遍拨陈主任的电话。然后终于接了，说马上就到。

很快，楼下传来很大的声音，那个阵仗，让我想起《红楼梦》里凤姐出场的状态：人未至，声已到。接着，一个红光满面胖胖胖的陈主任终于“姗姗来迟”地来到。

首先是一连声的道歉。原来，他一看我的信息说有可能会晚到一小会儿，就留了个言，去对面的体育馆打乒乓球去了。打嗨了，就没听见静音了的手机响，就变成他请的一众客人们都到了，他自己还在打球。

“主要是我太胖了，要运动，要减肥。”陈主任红光满面地解释着。第一次见面，虽然作为主人迟到，但他的爽朗和不拘小节，让我莫名顿生好感。

一大桌子菜，陈主任坐主宾位，开始介绍菜品。重点是，敲黑板认真看：重点是所有的菜都是他自己的农庄出来的！

当然，重点的重点要推荐他的“红花黑鸭汤”。绝了！真的非常好喝，我一口气喝了七八碗，喝得我也红光满面起来。

胖胖的陈主任很开心地看着我们一碗又一碗地喝，很开心地一碗接一碗帮我们舀满，很开心地告诉我们，这是他自己种的极品藏红花炖他自己喂养的极品黑羽鸭，再很开心地告诉我，那个介绍我认识他的在北京的盐

城朋友每次回来，也必喝他的这锅靓汤。

“他叫我舅舅的。”胖主任很开心地说。

我一愣，感觉他们俩年龄相仿啊。“我辈分比他大。他高中最好的同学是我外甥，所以他就跟着一起叫舅舅了。”

哦哦。“好吧，那我也叫你舅舅吧。”吃得舒服，嘴也顺了，我也很开心地攀亲戚了。

喝好汤喝多了，也会像喝酒一样拉近人和人之间的距离吗？我没有喝酒，但眼前红光满面的胖“舅舅”，真的很让人有亲戚感呢。

继续聊天。原来“舅舅”以前在南海舰队当过四年兵。“离海南很近。”知道我曾

经给海南两个著名的小镇都写过书，“舅舅”也很诙谐地开始攀亲带故了。“转业回来后我就开始承包农场，养黑鸭子，种有机食品。下次你们去我的农场看看，我养的黑鸭子是法国的贵族品种呢，学名黑羽番鸭，不但好吃，还会飞。”说起他的农场，胖“舅舅”就像看见我们一碗接一碗喝汤那么开心。“我养了很多很多黑鸭子。”他说。“有多少？”我问。“多到你们就可以叫我‘鸭司令’。”胖“舅舅”说，“而且还有 20 万株洋槐树，15 万株香椿树，22000 株突尼斯石榴树，20 亩藏红花，和桂花、无花果、山楂、桃树、梨树等等果树。”

一连串数字真把我们小小地惊着了。原来胖“舅舅”还是个大地主啊！

“所以今天我们吃的，都是我的农庄自耕自养的。”说这句话的时候胖“舅舅”真的充满了自豪。

“农场也叫阿玛兰吗？”我突然想起一直想问为什么起了这么个异域风情意味的名字。

“是的，农场也叫阿玛兰啊。”“舅舅”接着回答我的提问，“因为阿玛兰的意思是永远盛开的花。”

胖“舅舅”很开心。我还是有点蒙，是哪种语言翻译过来是永远盛开的花？！没明白。好吧，没明白就假装明白了，“舅舅”说了算。事实是后来我又专门悄悄查了一下，真没找到这个词的准确翻译，阿玛兰的官网上也没找到。我想了一下，这事只可意会不可言传，就像那个我喜欢的大头演员雷佳音淘宝花名阿拉雷，完全没来由，真的一点也联系不上，但没关系，喜欢就对。

黑板再敲回来。听了“舅舅”报出来的农场的那一长串数字，再想到他说的几十万株洋槐树种了是给那些黑鸭吃的，我就可以很壮观地想到“舅舅”有多少多少只黑羽鸭了。不用“舅舅”再邀请，我们立刻决定第二天去实地看鸭。

写到这里，各位都明白陈主任怎么变成胖“舅舅”，胖“舅舅”又怎么变成了“鸭司令”了。而且，“舅舅”还是南海舰队回来，

真正部队里锻炼培养出来的“鸭群”领导者。其实，胖“舅舅”主任迟到那会儿，我已经把餐厅三层楼关于他的阿玛兰系列产业和产品展示介绍大概都看了一下。这样说吧，“舅舅”养的就是以法国黑鸭改良后适合在盐城沙岗头兴隆村，这个昔日以贫困著称的沙碱地村子里养殖的黑羽番鸭。围绕黑鸭拳头产品，五年前从机关单位来到这里当扶贫志愿者的陈主任，开发了一个系列的种植养殖业，帮扶并带领了当地老弱病残村民们走上致富之路。

毫无疑问，“舅舅”是有梦想的，“鸭司令”也是有情怀的，包括那个找不到翻译出处的阿玛兰的永远盛开的花。很多标签都叠加到“舅舅”身上，我们还是觉得一点儿都不违和，都很合适他。每一个侧面都是他。

鸭子们的幸福生活

来到盐都区兴隆村“舅舅”的农场，当然就要开始叫他“鸭司令”了。

我们早到了，“鸭司令”舅舅又迟到了。

他去谈了个合作，聊得投机，就迟到了。想想也是，整个村子整个农场里的农副产品创新和营销都靠“舅舅”，又刚经历了疫情，他忙，是必然的。难怪他自己都说，他女儿都抱怨自从他来到这里，家里人都很少能见到他了。

想想，见到他最多的应该是他的那些黑鸭子吧。

在“舅舅”的农场，沿着农场田埂走，在一片一片金黄色的油菜花地里，看到一群一群黑羽鸭被大网圈养在农田菜地里，看到一座一座菜果大棚，特别地心旷神怡。

我爱油菜花。我想，最心旷神怡的

应该是那些鸭子们，每天生活在南方水乡金黄无边的油菜花地里，还吃着洋槐花叶，这是什么鸭子啊，这是仙鸭吧，难怪会飞！就算最后鞠躬尽瘁香消玉殒，那也是藏红花陪着鸭们一起炖。阿玛兰，知足吧鸭生！

“舅舅”开始下田抓鸭子，我们准备给“鸭司令”拍个短视频放抖音。我就趁机溜到“舅舅”农场的办公室去打量了。

办公室里最吸引我的是叠放在“舅舅”简陋的办公桌旁的那一堆旧奖状和挂画。全是送给农场和“舅舅”帮扶贫困户致富的感谢锦旗，还有拥军助残的各种奖状。外面墙上挂不下了，就取下旧的来再挂上新的，旧的就存放在办公室一角。看得出“舅舅”做了很多善良的好事，也看得出“舅舅”很在乎大家给予他的这份荣耀。胖胖的“舅舅”真的就酷似他的弥勒佛长相一样，心存善意，愿意帮助所有弱小的人，愿意操心所有与他相干或者不相干的事。当然，除此之外，最让“舅舅”开心的另一件事情是，只要一有空，就和在盐城还有苏北的所有同乡战友们约着，痛快地喝场大酒，聊聊旧，叙叙战友情。

作为一个资深媒体人，我也能看出“舅舅”热心于给他的阿玛兰做各种宣传的最真实的目的。

兴隆村其实是个贫困村，青壮年们都出外工作去了，村里留下来的，大多是老弱病残，“舅舅”用农场种植和黑鸭养殖把这些村民都召唤起来，让他们跟着他有事做，还有钱赚，当然深得村民的心。“舅舅”把自己和农场当活招牌推出去，故事和宣传做得越多，销量也就越好，农场和村民们也就越能多赚钱。

一点儿没错。做好事不留名，已经不是现代风尚，大张旗鼓把正能量的事宣扬出去，让做好事的人备受赞美和夸奖，让更多的人看到善因有善果，才能让更多人加入到这样的队伍中来。才是王道。

一盘炒“混蛋”

阿玛兰农场不但有成群的黑鸭，还有鸡鹅，所以那天在“鸭司令”的农场，我们吃了一盘“舅舅”亲手做的炒“混蛋”。顾名思义，所谓炒“混蛋”，其实就是把鸡蛋鸭蛋鹅蛋混在一起炒，再拌上新鲜的香椿叶，就着眼前的油菜花，望着广阔的农田沃野，真正的美味无比。

蛋是刚下的，花是盛开的，风是温暖的，鸭子们刚喂饱，是趾高气扬的，我们是幸福的。所有的一切，都是恰到好处的。

08

沉没的古城静待开园

无声的沉静里，我听见了岁月重回的声音。

我从来没有这样去到一个古城。

我说的是东晋水城。

我去的那一次是五一节前的一天。是东晋水城五一正式开园前的一天。

也是这座曾经被沉没的古城沉默经年的最后一天。这天以后，它将在被世人发现，经过“梳妆打扮”，一砖一瓦重新回来，以全新的面貌面世。

第一次了解这座古城的来由，是在水城度假酒店的大堂吧。和电视台李导的那次交流，让初来乍到的我，对盐城的几个重要的文化节点和典故，有了进一步的了解。我们那天聊了很多，也聊到了古城。因为朋友给我推荐过太多盐城的古城，当然，有很多是像安丰这样，本身古色古香，历史悠久，每一块砖每一片瓦和每片草叶，都厚载着故事的记忆，它就是岁月一天天真实传承下来的古镇。也有像我住了很久的水城度假酒店河对面的盐镇水街，在闹市中心，我个人觉得，应该是以盐城的文化故事和厚点，重新以现代设计，还原的一处景观文化情调商业古街。前面一种古镇，人文与建筑丰盛厚重，是我们民族的文化根源，后面一种新修的古街，近些年有种遍地开花的现象，而且重复雷同感严重，如果不能像盐镇水街这样，日日有专业或有票友们老式的淮剧唱声，伴着胡桃里新锐潮流的少年派摇滚，此起彼和，共同穿扬在这座新式的水街复修古镇里，赋予它老文化新活力并存，大多是会失败的。这是古城新建的大问题。旧文化没讲好，新文化没塑出来，情怀故事也没营销好，大家好奇游览两次，也就成了空街。很尴尬，也很浪费。

所以，当听到比我腿快的摄影小伙伴们快速跑了一圈后夸张而惊叹地告诉我，盐城有好多好多古城古镇，而且其中有一些，大到都几乎可以像我们曾经深度游玩过的台儿庄古城一样，单是古城就可以让我们走好久。

“会走到你脚痛的。”小伙伴们吓唬我。

“比如说呢？”我不怕吓唬的。

“比如说马上开园的东晋水城，新修的，就很大很大。有好多个安丰那么大。”小伙伴们说。

听说是新修的，我当时的感觉是自以为然的不以为然了。我不明白，盐城为什么会修这么多的古城。

所以，在和李导聊起盐城的古城古镇时，我真诚地提出了心中的疑问。

我看到当时李导是愣了一下，估计是没有人像我这样，有点直率地提这样的问题。

但李导很快就给了我一个让我特别感动，并一直让我记在心中的回答。他说，盐城本身就是一座千年古城，有很多历史悠久的古城古建，但历经战争，包括现代的抗日战争，盐城作为新四军在苏北抗日的指挥部和主战场，被炮火和战乱毁掉了很多。以前盐城人致力于发展经济，现在有能力了，盐城当然希望能一点点把所有被毁掉的古城重建起来，那都是盐城人民的历史和记忆。也是盐城人民内心深处的情结。

“至于东晋水城，那真不是新建，那是复建。恢复重建。”李导继续说，“东晋水城的被发现，本身就是一个传奇的故事。”

在李导的讲述里，我听到的关于东晋水城的发现和来由是这样的：那是五十年代了，自然灾害，干旱，河流干涸，海水退潮，所以，当海和湖水退到很多年都没有过的远处和很低位时，大纵湖周边村庄的村民们看到水位退去的湖底露出了一些残破房屋和城墙的陈迹，还有已快被水侵蚀的辨不出面貌的旗杆。那些迹象，很像一部年代电影里的旧场景。水越退越多，隐藏在水底的另一个世界的秘密就这样，一点一点呈现在大纵湖边生活的

村民眼中。村民们很惊奇，但当时并未意识到这段秘密呈现的意义，所以也没能留下珍贵的图片和影像。干旱过去，湖水回来，一切又被静静隐没在平静的大纵湖下。但村里的老人们都知道这个事，时间流逝，说起当年的奇象，他们都知道，湖水底下曾经有过一座繁华的古城，后来，老人们猜测，是因为地陷而被洪水一夜之间淹没的。

这像一个传奇。

但所有的传奇最后被印证，其实都是真实的故事。

所以，就像李导说的，当盐城的经济飞速发展起来，老百姓们的生活越来越好了，就开始考虑要把这些秘密搞清楚，要把那些被毁坏和隐没掉的盐城的古城找回来。

那是历史。是盐城的印记。

这样就有了大纵湖东晋水城的复建由来。

这是一座曾经繁华的古城，是这块土地上历史留下的证明。我相信，新修的东晋水城首先希望的，是在建筑的形态上真正还原当年的文化和人文。做一本活的、立体的史书，让今人能沉浸其中，重新拾回一些远去的记忆。

这座湖底重现，被找回来的古城原名晋城，又因为在大纵湖东面而被称之为东晋水城。东晋水城占地近千亩，建筑面积八万平方米，历时八年，总投资过八亿。盐城人花了很长时间、很多心血来做这座城，为的，就是能尽可能地把传说中的故事，一点一滴还原，让新的古城像一幅画卷一样栩栩如生，更真实感人。

东晋水城于2020年5月1日正式开园，我特意提前一天，来到并没有游客的新古城。

我想听听，这座古城在这样的新生后，在人潮涌进之前，它此刻的心跳。

就像候场，大幕拉开前的屏息一刻，才是它准备怒放的另一种美。

所以，我真的从来没有这样游览过一座古城，这样安静地走过它的每一座桥，每一条石板路，每一家迎风待客的商铺。我愿意，也很庆幸自己，能有这样的机会来聆听到沉睡的历史被今天的世界唤醒前的声音。听见古今交错前的对话。

一个人，安静地面对一座城，安静地走过它每一处时光的间隙，触摸它在另一个空间中的年轮。无声的沉静里，我听见了岁月重回的声音。

2020 年 4 月 30 日，江苏盐城，大纵湖，东晋水城，此时此刻。

我真的听见，沉默而饱满的倾诉在我的眼前流淌着。

说到最后，我想给日后一定会慕名而去的朋友们推荐一下东晋水城里的两处我印象很深刻的地方。一个是可以和苏州园林媲美的归园，另一个是宋氏祠堂。东晋水城当然还有很多我还没有发现的精彩点，但这两处，是一定可以去。至于为什么，呵呵，去看了，也就知道了，我就不在这里多说了。

“鸿雁”绕船飞

写完东晋水城，当然要再写一下大纵湖。前面已经讲过了那个真实的传说，没有大纵湖，就没有东晋水城。

实际上，东晋水城正式开园后，这两处景点是可以连接起来一起游的。

大纵湖是盐城早已以风景秀丽而名声在外的湖泊。百河之城虽然全域无山，但它的河流湖泊海水资源很丰盛，湖景水景和海景在这里是能够看个够的。

有关大纵湖的两个最著名的成语和故事，卧冰求鲤和宗保救母，不但传说了这座城沉陷水淹时的真实场景，也成就了我们小时候学习到的善和孝的传承。

在无论任何自然灾害和困难面前，坚守秉承我们本性中的良善，才是抵抗一切不可知的变故的最大的力量。

相信大纵湖的如画风光，不用我描述，大家都能想象得到，我就聊聊我喜

欢的某一点吧。

哈，没有人想得到，那天在大纵湖坐船游湖的时候，让我兴奋的竟然是他们的经典节目：大雁绕船飞。

被驯养的大雁们能听从指令随船而飞不稀奇，稀奇的是船长一定会打开船上音响，把音量调到最大，放那首脍炙人口的草原歌曲《鸿雁》。船长说，那些大雁听见优美的旋律"鸿雁"响起，就会飞过来，一遍一遍绕着船飞翔。"大雁是懂音乐的。"船长说得一本正经，说得我们咧嘴而笑，不信也信了。

当然得信。我也宁可相信那些大雁不是被驯养得按指令飞行，而是为音乐律动而来。

迷游芦苇荡

是在陪同我们来的那位热情的导游女孩的坚持下，我才决定坐船游大纵湖芦苇迷宫的。她说，这里和我在别的地方看到的芦苇不一样，这里是自然而然形成的芦苇迷道，真的是天生而成的。芦道弯弯曲曲，曲径通幽，是渔民们当年割草养鱼饲养水畜动物年深月久而成。后来，因为弯道迷幽深远，景象精妙，便成了大纵湖一道独特的景观，还被评为吉尼斯的一项世界纪录。

我来的季节不对，始终没看到我向往的芦苇金黄茂盛，芦花盛开，风中摇曳舞动的景色，这项被推荐的吉尼斯世界纪录游玩项目，就被打了个折扣。但是，在大纵湖的芦苇迷宫里曲里拐弯随兴转一圈，也是一个不错的选择。

“现在芦苇被割了，秋天来是最美的。

草深芦壮，小船从水草中穿行，没有熟练的船工带，一定会迷路，根本出不来的。”导游斩钉截铁地说。

好吧，我又输了。我决定我要在秋天的时候再来一次盐城。

就为找不到方向的芦苇荡吗?

黄海的泪珠映亮盐城，穿透过去现在和未来。

09

寻找盐场，寻找另一种天空之镜

我的摄影团队的小伙伴们有个执念。

他们也是第一次来盐城，作为 80 后 90 后 00 后的他们，对盐城这座陌生城市最向往的，和我不太一样，并不是那首唱得诗情画意的另一个时代人心中的《一个真实的故事》。他们想的是，既然是盐城，有那么悠久而厚重的盐业历史与文化，连城市的名字都以“盐”命名，那当然应该有大片大片的盐湖盐海和盐场，那就毫无疑问应该是类似人一生最应该去的最美的景点之一，青海茶卡盐湖的天空之镜，有着那样美如仙境的白色的盐海。他们心中认定的盐湖，晶莹透明，洁白如雪，映照人间如天堂，是蓝天和白云梳妆的镜子，是美不胜收的。

众所周知，茶卡湖盐场的美，早已是所有摄影爱好者发烧的梦想，也是所有网红旅游打卡最值得炫耀的记录。所以来盐城前，几个小伙伴们很兴奋地在做功课，查遍各种能查到的资料，想找到属于盐城的天空之镜，完成一个摄影者和旅游者的双重梦想。

很奇怪，盐城是“盐”城没错，但网上能搜索到的以盐湖景色为旅游景点的推荐寥寥无几。关于盐城旅游，自然景色介绍最多的是黄海的滩涂湿地，以及世界最大的麋鹿园，和丹顶鹤的候鸟迁徙地。

小伙伴们不死心，来到盐城后，他们决定自己去找。他们执着地相信，最好的景色一定是还没有被人群发现。就像他们的执

念，坚信以“盐”为名，又有如此悠久盐文化历史的一座城市，一定会有最好的以盐为景的点。

类似天空之镜。

在内心有诗意的人心中，无垠而壮观的盐场，就是另外一种雪，一种不容易融化的坚韧的雪。它静卧在清澈透亮的水和湖的下面，映照天空和人间的千姿百态。

为此，摄影小伙伴们从盐城市中心出发，不停地问，不停地找，不知疲惫，不问辛苦，就为要找到他们心中盐城的天空之镜。

遗憾的是，他们跑了很多地方，有当地朋友推荐的，也有自己寻找的，都没能找到他们梦想中的，可以成为绝色美景而不仅仅只是生产场地的盐场。

我们看到了恢宏的盐城中国海盐博物馆，看到了无处不在的关于盐的记号：盐渎水镇、盐渎湿地公园、抬盐巷，还有安丰古镇那长长的运盐船的压舱石……

但没有我们要的天空之镜。

没有我们要的，另一种关于诗和远方，网红和驴友们的梦想打卡地。

终于有一次，小伙伴们回来告诉我，他们在远离市区一百五十公里外的响水，在靠近黄海口的一个偏僻的地方，找到了一个原来的旧盐场，看到了大片的盐场，和类似他们想象中的那片“雪”。

“丹姐，你要和我们一起去吗？”

“当然！”我迫不及待地一口答应。其实，在我心里，对于盐城的盐场，不是关于打卡风景点的执念，而是我想更真实地看到这座昔日以盐业兴旺通达的城市，藏在今日繁花似锦的新街景面貌下的另一种文化的命脉，和灵魂。

我当然要去看盐场。

这同样是我来到盐城后最重要的课题。

如果不亲眼目睹并亲手触摸到这份过去，我就不可能真正看懂盐城的今天和未来。不可能看懂这座城市蕴藏的力量与人民的勤劳。

我们再次出发。我们要去的是响水的一个叫“三圩”的盐场。路程很远，按图索骥，几乎已是盐城最东北边了。小伙伴们去过一次，导航下高速，又走了一段县道小道后，就开始没法导航了。还好，他们来过一次，来的时候有盐场的人开到外面的路口来接过，所以他们就自己做了个定位，一直在一条陈旧而荒僻的小公路上颠簸着往远方的荒地开。

路两旁有些很破旧低矮的泥砖房，大多是废弃的，感觉少有人住。泥土上无拘无束疯长的野草，开阔而迎面吹过有些凛冽的风，那种触目可及的荒凉与陈旧，那种原始感，真的感觉让我们从城市瞬间穿越，来到离我们熟悉的生活场景完全陌生的场地。

那是一种大自然最真实的纵深感。

这里就是三圩盐场。

我真的是第一次见到这样广袤的一块块盐田，似鱼塘非鱼塘，似池塘非池塘。荒僻的田野上规整而无垠，在午后灰蓝色的天空下，与远处的天际线连成了一片。

来接我们的是个年轻的小伙子，我们叫他“薛总”，他说叫他“小薛”吧。小薛不是这个盐场的，因为原来三圩盐场的人临时有别的工作安排，他就代朋友过来陪我们看。

小薛很和善，也有点羞涩。我开始不停问他各种关于盐场的幼稚和不幼稚的问题，他都非常耐心地一一回答我。

那些我看到的一座座黑色大油布遮盖的大山丘一样的，就是盐丘，用堆积如山来形容，一点儿不夸张。规整如水田一样，一洼一洼的无边际的田埂池塘，是过盐的复晒滩。而这整片盐场，总面积超过一万亩以上。

“盐场的工人呢？”我发现我几乎没看到有人。

“现在不是收盐的季节，所以除了定时巡视的工人外，平时人很少。”小薛告诉我，“这里的盐场是一年收一次。”

“收盐的时候会有很多工人来。他们会在盐池里用拨盐机把结晶凝成的盐用机器过滤吸出来。”小薛说。

我有点困惑，想起在安丰古镇看到的古代盐民刈草围田、煮海熬盐的介绍，就又开始问小薛制盐的详细过程。

小薛笑笑，告诉我，我说的那都是很老很老的制盐方法了。“现在早都是海水一层层自动引流沉淀过滤。就算这个盐场，也是很旧的了，如果我没有弄错，这里很快会改造。现在新的盐场早已不是这个样子了。”

“那是什么样子的？”我问。

小薛想了想：“我工作的盐场吧，就在离这里二十几分钟的车程，也是一万多亩。那里的盐场，应该在全国都是现代化程度最高，最先进的盐场了。”

“那我们去看看。”我一点都没犹豫，立刻决定，立刻上了小薛的车。

我想和这位年轻的盐场员工聊聊。我想听他讲盐场的过去、未来和现在。

车先往海边开，然后左转，再沿着长长的海堤公路一直往前。那是一幅很奇妙的景色：靠近左手边大片的盐池的路边，是风中摇曳不倒的大片的狗尾巴花，右手边是黄海，真正的黄色的海，海滩上的海岸线是排列整齐的石头在划分。小薛说那是用来挡浪潮的。

然后就到了小薛工作的东昇盐厂。情形真的就完全不一样了。路是宽阔整齐舒畅的，隔离带上鲜花怒放，厂区内，除了几幢崭新的厂房办公楼外，远望过去，依然是无边无际的盐池。

小薛说的对，这里的盐池，给人完全耳目一新的感觉。用不断迭代的手机来打个不太恰当的比喻吧，如果说前面三圩盐场给我的是怀旧最初代，那东昇盐厂，就是全智能无边缝折叠机了。不可同日而语。我在盐厂办公室监控中心，就能看到全视频全监控，全自动化控制的万亩盐场。

回到自己盐场的小薛很高兴，他介绍，现在盐场的工作，几乎所有的程序都可以一键搞定，已经真正全部自动化了。“和我父母，我爷爷那个时候工作的盐场完全不一样了。”

这又让我很惊讶了，原来小薛家三代竟然都是盐业工人，难怪他把每个新旧盐场的流程说的那么清楚。也难怪在他这一个下午的讲述里，我能听得出言语中那份对盐场工作很真挚的热爱，和踏踏实实的满足感。

“小薛，你多大了啊？”我问他。

“二十八。”羞涩的小薛有些不好意思。

“90后啊，怎么会想到继续跟着家人还做这个行业的？是受父母影响吗？你这个年龄，应该有更多职业选择的机会啊。”我是真的好奇了。

“也是，也不是吧。”小薛说，“我自己也喜欢和愿意。你们也看到了，现在盐场设备技术先进，早已不再是传统的围塘煮海。我这一代的盐民，经常有机会出国去考察和学习。我们想得更多的，是怎么样把我们的盐品做得更精细和优质。我印象中一次去韩国，和我们质地差不多的一款海盐，他们可

以卖到六十元人民币一袋，而我们的，只有几块钱。这让我很痛心。盐是五味之首，天下盐，世上光。盐是有大文章可以做的。但我们的产品附加值还不高，还需要很多努力，需要改变和推动传统盐业生产的思维方式。”

说到本行，小薛很愿意聊天，他接着说：“一份最传统的行业，也是有大情怀和大梦想的。我们的盐业，有很多未来市场需要去赋能和开拓，需要恢复和继续盐业历史的荣光与精神。”

说得特别特别好。在三代盐民的90后小薛身上，我真实地看到了盐城人的勤劳与智慧，还有盐业的传承精神。

得到了这样的收获，当然不虚此行。

正好这时盐厂有一座盐山在装车，白色的“雪”堆积如山。那三个摄影小伙伴们兴奋地冲上去，开始狂拍。

无论东昇还是三圩，大片盐田，盐晶结在水面下，没有倒影，没有落进水里的云和山。没有虚幻的景象，只有朴实的劳动。我们也并没有看见如天空之镜那样传说中时隐时现的人间仙境，但我们看到的是关于盐的另一幅生动而灿烂的原野。

是盐的历史，和它最真实存在的意义，以及生命力。

小薛说，东昇盐厂的现代化程度，已经是国内数一数二的。虽然现在盐城的经济强点早已不是靠盐业，但在号称全国四大盐都之一的盐城，无论盐的生产能力和品质，一直都是全国最好的。“我们的海盐质量，可以说在全世界都是最好的。”

站在黄海边的盐城的土地上，说这句话，

自然底气十足，无比自信。

因为这里，就是盐城。

回程路上，我们的车上一直在放一首《走进天空之镜》的歌。我一直在想，我该怎样来定义和解释我的这次寻找天空之镜的旅程呢。

那首歌很好听，动听的旋律唱出的是一种向往。是一种对美好事物发自内心深处的向往。

那天晚上，我站在水城度假酒店望着窗外静流的河水和对岸灯火，耳边一直单曲循环的《走进天空之镜》，让我突然之间想明白了一个道理。

我想，关于盐城，请允许我用一种最文艺，也最诗意的述说，来表达我对天空之镜全新的赞美和歌颂吧。

茶卡的天空之镜，也许是青海湖的天空滚落凡尘的一滴眼泪，因为远离人间，所以如此透亮而湛蓝。而对于盐城，那是黄渤海用浪潮推来的一份历史印记，是黄海滑进滩涂的另一滴泪珠，承载的是沧桑，所以那份白，是一种厚重的力量，是另一种天空之镜。

天空的泪水照见茶卡，
连接蓝天白云和人间；
黄海的泪珠映亮盐城，
穿透过去现在和未来。

站在盐城千年的土地上，站在黄渤海的滩涂湿地间，我依然看见比天空之镜更美的景色，看见日月星辰，在这里共享一片天穹。

小记 中国海盐博物馆

其实我在盐城住的水城度假酒店，离中国海盐博物馆真的只有几步之遥。

既然来到盐城，首先应该来拜访的第一站，本应该是这里。但我在想，我需要有一次寻盐的经历，我才有资格看，并触摸到海盐博物馆里的历史。

所以，我的博物馆之行在寻找盐场的后面。

中国海盐博物馆进门处大屏幕的那部循环放映的短片里的台词，是我觉得可以一字不差放在这里的：

“……在人类发展史上，盐有着不可或缺的作用，它不仅促进着生命的繁衍，更肩负着文明的传承。

“中国是世界上最早制作与使用海盐的国家之一，盐字本意是在器皿中煮卤，盐的家族成员众多，包括食盐的衍生物在内，至今已发现有15000种之多。

“海盐是盐产之王，是中华民族面向海洋，开创海洋文明的重要成就，中国海盐产区分布在我国漫长的海岸线上，从神农时代的风沙煮海到后来的晒海成盐，盐民创造了各具特色的海盐生产技术，五千年历史过程中基本形成了七大海盐产区：辽东湾盐区、长芦盐区、山东盐区、两淮盐区、两浙盐区、福建盐区和广东盐区，犹如一串串珍珠闪耀着历史文明之光。

“海盐文化也是一种开放式的地域文化，盐城作为数千年海盐产业塑造出的古城，是中国‘海盐文化’的代表，她处于我国古代最重要的两淮盐区的中心地带，南有良渚吴越文化，北有龙山楚汉文化，兼容并蓄又风貌多变，成就了独有的历史地位和文化价值。

“海盐文化遗存遍布全市，非物质文化遗产异彩纷呈，让你在目不暇接中感受到海盐历史文化的悠远与博大。‘中国海盐博物馆’是全国唯一一座经国务院批准，全面反映中国海盐历史文明的大型专题博物馆，这里集中展示了中国海盐文明的优秀成果与时代风采，更传递着中华文明生生不息的力量，现在就请各位一起领略海盐的前世今生……”

如果一个外来者，不能像我这样用更多的时间走进盐城的每一处，哪怕“走马观花”，那至少，最应该去的地方，就是中国海盐博物馆。

那是盐城的脉动和荣耀。

曾经。

国家财富，盐业为盛。

人生海海，瓢浮于水

在中国海盐博物馆，我找到了关于盐城又名“瓢城”的最形象的解释。

年轻的解说员指着模型告诉我，千百年前，盐城造城之初，为了防止和不被海水巨浪淹没，先辈们就将城照着水瓢的形状修建而成，取寓意“瓢浮于水”，是希望城能像水瓢一样，哪怕惊涛骇浪，历经汹涌，永远都不被海浪浸没，永不沉没，永远浮于水面。

人生亦如此。

那样久远而深沉的典故历史，由青春少年的嘴里认真讲解出来，就是一代接一代的人生真理。

盐城，把人生的哲理刻进了城市的骨血，和世代相传的名字里。

一代又一代。

人生若海海，唯瓢浮于水。

10

清华学子的盐城创业生涯

也不得不说，这就是清华学子和盐城注定的缘分。

把这个故事写在紧随在寻找盐城的盐场之后，是因为感动。

响水盐场之行回来后，和在北京的盐城朋友电话聊天，告诉他我看到黄渤海和大片盐场的心情和触动，也发出了一点小小的疑问。事实是，我被我的摄影师的执念牵着走，一直在看到的都是盐城壮观而壮美的纯自然的景观，但我，也一直在想，当旧时兴旺昌达的盐业，已经不再是当今主流经济社会的重要产业收入结构，盐城除了众所周知的汽车产业和化工业外，它的未来发展亮点在哪里？

朋友沉吟了一下，说：“关于这个问题，我正好知道有几位清华毕业的外地学子，在盐城创业做事，而且做的还是世界最前沿的高科技氢能源项目，不如你去找他们聊聊。”

正是我想寻找的。想想就知道，我这道题的答案，一定能在这几位清华生的身上找到。清华学子、高科技、氢能源、外地来盐城五年，这些关键词组合在一起，本来应该在北上广深出现的情况，生根盐城，我当然要去探个究竟。

我立刻就联系了兴邦能源的周总。约好时间，第二天开车去往位于盐城市区东边他们公司所在的高新科技园。

去往高新区的路一如我开过的所有盐城的道路，双向六车道，道路两旁宽阔的辅道和人行道，也一如既往地有绿树鲜花满目扑面而来。每次在盐城开车，去往每一个远处的景点，路途的开阔和花园似的景色，都会让我的出行变得更加神清气爽。

周总的公司简洁而朴实，和他本人给我的第一印象一样。和周总在他的会客室坐定，开始聊天。

因为曾经做过一段时间财经记者，所以和周总在他那个世界前沿的专业行业里的沟通也还顺畅。我就把我能理解的周总和他的团队，在盐城做的事和经历一一道来。

先介绍周总。他是60年代人，上个世纪毕业的清华大学硕士生，学电子工程，湖北武汉人，家在深圳。周总爱人在深圳医院工作，已经长大成人的两个孩子都留学海外。周总自己也在海外工作学习过，之前的主要

工作地点和历程，也都是在南方深圳广州这样的一线城市。

这里插播一下我对周总的第二印象。

先说我自己，来北京后，有段时间，每到秋天，我最喜欢去的两个地方，一个是北大未名湖，另一个就是清华大学东门那条著名的银杏道。在百年校园里看够秋天金黄的银杏叶。那是能代表北京最美的秋景的一条学院大道。然后，看完银杏秋叶，再去那幢更著名的教学大楼转一转。去过的人都知道，清华那幢主教学楼楼道的楼梯已经很陈旧了，但却旧得光洁而锃亮。用张爱玲的话说，时刻发出旧时光的光辉。每次在那里走，我都似乎能看到一代代，一届届清华学子磨砺过的脚印。

那种影像在楼道间窗口射进的阳光照射下是叠加的，是如影随形的。那样的景象在很多校史悠久的大学校园里都会有。我相信，那份书香的浸润和叠加，无所不在地赋予给了每一位经此成长学习起来的学子。那是中国学子的厚德载物和无问西东。是清华的二道门，北大的未名湖，武大的樱花园。是所有中国优秀学园传承给它的学生们最重要的品学规范。

这种传承在周总身上一样有。

作为国内最高学府清华出来的学生们，他们秉承的朴实而务实的精神，相对更厚重而明亮。

所以我就这样想，他们选择的行业和地

方，总是和清华校训一样契合同道。

学电子工程的周总在十几年前开始进入高科技能源行业。他的一位合作伙伴，也是同时代清华大学物理专业毕业的高才生，早年出国后一直在加拿大的一家公司从事氢能源的研发工作，那是世界最先进的技术。两位清华同僚一碰面，共同达成见地，未来氢能源的研发和应用，一定是全球能源发展方向的重中之重。

他们就一头扑了进来。

先在深圳成立公司，花了很多时间筹备酝酿，并等待最好的时机。直到有一次，盐城政府的领导们来深圳招商，并邀请他们来

盐城实地考察后，他们知道，他们的机会终于来了。

那是2015年前后。如火如荼的锂电行业的发展遇到了瓶颈，氢能源开始呈现出它的优势和蓄势待发的潜能量，也正是兴邦能源耐心静默等待几年后，开始被各大一线大城市科创园争抢的大好市场时机。但周总他们走了大半个中国后，毫不犹豫把公司落地盐城。

当然，在这里得先给盐城政府点个赞。周总说，除了盐城政府对高科技项目的重视和大力支持外，来考察时看到盐城日新月异如诗如画的城市环境，也给了他们强大的信心和生活认同感。最最重要的，盐城的产业结构和自然生态，是氢能源项目孵化最好的原生地。

氢能源有三个来源。一是化工厂产出的废气分离重制，这个盐城有。滨海一带的化工厂给兴邦能源提供了制造氢能源的废气利用原能源。二是风力发电产生的水电解质，这个盐城也有。靠近黄渤海附近的大片的风力发电，是这块土地给盐城源源不断的另一份馈赠。三是煤制氢。煤制氢不稀奇，煤到处都有，稀奇的是煤制氢后产生的大量二氧化碳废气二次污染源，却正好能被盐城八百里海岸线下绵延的海底水草海藻分解消失掉，正好是这些海底植物的天然养料。

不得不说，盐城到处是宝啊！

也不得不说，这就是清华学子和盐城注定的缘分。

更不得不说，这也是大自然一直厚待并给予盐城这块朴实土地深藏的礼物。

清华学子中年创业落地盐城。五年来，企业在这里得到了快速的发展，2019 年，已有 10 台氢能源公交车正式上线运营，2020 年会再加速扩展，企业技术也始终领先国际国内同行业。至于人才招聘，周总一直很有信心，他说，只要来到过盐城的人，都会喜欢上这座城市，他不愁招不到人才。下一步，公司会招更多北大清华的学子来盐城。在这座美丽的城市里，机会同样多，同样能实现所有有梦想的年轻人的人生目标。

“我都很喜欢这里啊，你看我一来就不走，一待就待了五年。我一年几乎有超过三分之二的时间都是在盐城了。这里是我第二个家了。”周总诚恳地说，“这里环境非常好，我每次开车从世纪大道走过，真的，和深圳没有什么差别。”

我笑了，我的看法和他一样。我同意。

“在这里休息的时候喜欢做什么呢？”我问。

“锻炼身体，游泳，钓鱼。很丰富。”说到这里，一看正是饭点，周总邀请我们一起共进午餐。本来我真的很想尝尝他们的工作餐，但周总认真推荐附近的农家乐，说是去吃地道的村里菜，体验一下这里的农庄味道。我充满期待地答应了。

如何来表达我对周总推荐的盐城农家菜的喜欢呢，只能用一个确凿的事实来证实了：我把一盘瞬间被我们光盘的一道农家薄饼，又毫不客气多要一份打包带走了。真是好吃到我初次和周总见面也毫不客气了。

周总很开心，他告诉我，他每次带朋友来这里，都必点这道菜，每次都超级受欢迎。“你发现没有，这道薄饼里有一种小鱼虾粒，所以才特别香。这是只有盐城才有的。”研究高科技氢能源的周总介绍起农家薄饼来也是一丝不苟。

盐城真好，一道小薄饼都吃的我到现在还念念不忘，意犹未尽，难怪周总喜欢。我相信，周总和他的团队们能在远离他们自己家的盐城一待数年，一定不只是对于项目本身精准的落地选择，也有一份对本地生活的深深热爱。

从最传统的盐业盐场和盐厂，到高科技氢能源研发制造，我在探访盐城故事文化之旅的过程中，意外看到了盐城产业的跨越和战略腾飞，看到了过去在这里的坚守和发展，也看到了未来在这里的出发与远景。

真心祝愿清华学子们，能在这里实现他们氢能源的世界梦想。

11

“森”呼吸，“林”距离

我们的人生和生命，不但身体需要吸氧，很多时候，心灵也更需要净化和吸氧的。

这个题目，当然是写盐城的黄海国家森林公园。

这是我在公园入门口处看到的几个醒目的大字，我很喜欢，就顺手拍了下来，也顺手拿来做了我的本文题目。

我不知道这句巧妙的点题句是不是黄海国家森林公园的唯一，但我知道，以国家为冠名的森林公园，在整个黄渤海沿岸，盐城是唯一的。

这是接待我的林区导游小陈很自豪的第一点。

小陈是本地人，胖胖的，很年轻，也很热情，目测不是00后就是90后。本来前一天晚上没睡好，那个下午驱车近百公里到黄海国家森林公园后，我都有些头昏欲睡了，但整个森林游览下来，我不但不困了，连头都一点都不痛了。

我把这种好转的情况归功于在黄海国家森林公园吸了大量负氧离子，和被小陈热情洋溢的讲解感染的原因。

正如导游小陈所介绍，能冠名国家森林公园，一般都必须有几项硬性条件。要有珍稀树种，要有很多年以上的老树。但至少这两项，黄海国家森林公园一项都不具备。整个黄海国家森林公园放眼望去，绿树成荫，林木规整，但大量的树种都是水杉树，几乎没有一株称得上镇园之宝的奇树名木。当然，很明显看得出来，整齐漂亮规整的林间小道与公路，还有那些并不魁梧粗壮的树身，却也显示了它的初建和时间短浅。

毫无疑问，这是一座新造的森林公园，这和我们往常去过的那些年深月久，有深山古树的森林公园完全不一样。

但这也正是本地人导游小陈最自豪的第二点。至于为什么，那就跟随我们的观光车，听我们的小陈导游慢慢道来吧。

因为头痛，刚进公园门口的第一处下车参观点，林区党性教育基地，被我犹豫地放弃了。小陈没有勉强我，但他在游览车上，非常认真地给我补上了这堂对于了解黄海国家森林公园，事实是必不可少的一堂开门课。

没错，这里没有珍稀树种，没有参天古树，甚至几十年前，这里还是荒凉无人的滩涂。后来，是十八位第一批来建设林场的工人，克服了极大的困难，一点一点，一步一步，引水灌溉，改造土地，修筑良田，试种了无数树种失败后，才终于在这片寸草不生的盐碱地上，种出了最适合它生长的树木群。

小陈说："对于我们这个森林公园，五百年沧海变滩涂，五十年滩涂变森林的现象，可能远远大于其他森林公园的传统意义了。这里的每一草每一木，都不是大自然天然形成生长，而是我们的十八位党员带队开荒垦地，一代代林场工人们艰苦奋斗出来的绿色成果。而且，这种共产党员传统的艰苦朴素和奋斗精神，一直也是黄海国家森林公园一种信仰的象征，是我们林区党性教育基地最珍贵的林业发展史。"

这番关于老林业工人老共产党员的话，由二十出头的小陈导游说出来，让我不得不承认，这片森林公园，真正值得歌颂的是这份精神，它栽种的是给后代的信仰。而且我毫不夸张，年纪轻轻的小陈说起这些往事，真的充满了热忱和激情，充满了崇敬。

我真心后悔我没有下车去那个最应该去的林区第一站，党性教育基地了。

我相信，能打动小陈的那些教育，一定也能感染我。我们的生活里，被城市的繁华与浮躁侵袭已经太多，我们很容易在前行中迷失了方向，有的时候，真的是需要洗净，放空，和清洁，需要活生生的前辈们无私而忘我的奉献，需要革命者事迹的洗礼，来帮我们重新找回渐行渐远的信仰。

小陈继续认真讲解："我们脚下的这片

土地，以前都是黄海千百年推浪逐沙形成的盐碱地，也就是说，很久以前都是海，尽管经过了几十年的土质改良，但你看我们这里的水杉树，同样树种，同样生长年限，都会比其他地方的细一些，也没有那么高大。公路两旁太阳能照见的地方会好一些，成片的林间，树木的生长速度就会更慢些。这也成了我们这里的特色。”

“但只要种下了，成活了，长成了，终有一天，它们也会成为参天大树，成为茂盛老树的。”

很感谢这位年轻的后浪导游，给我补上了这样一堂触动心灵的党性教育课。

我们的人生和生命，不但身体需要吸氧，很多时候，心灵也更需要净化和吸氧的。

既然错过了前站，那后面的景色就不能再错过了。

好吧，我也认认真真真充满热情地给大家推荐森林公园另外两处最值得去，也一定要去的地方吧。

一个当然是它悬架在树木间的林间栈道。

那条长长宽宽的木栈道，穿行在茂密清幽的森林中，沿途一路都能听见鸟儿清脆的叫声。走在悬架在树木中部的栈道上，因为离树顶更近，就会感觉自己和鸣叫的鸟儿是并行在离地高高的树梢。阳光从行走的林间折射照在身上，温暖安静又和煦。

在那样的栈道上行走，我可以说我自己像鸟儿一样在森林间飞翔了一次吗？

第二个地方，当然是我在网上已经搜索到过的树屋了。

我是一个对民宿客栈有迷之般热爱的旅行“懒”人。我的旅行是不喜欢动，是喜欢跑到一个地方，换一个场景和氛围，去舒舒服服地待着。所以，有情调的客栈民宿就成为了我的首选。

所以，到黄海国家森林公园一上观光车，我问的第一件事就是：那个树屋呢？热情的小陈导游当然会满足我的这份要求的啊。

因为是午间休息时间，管理树屋的员工正好不在，小陈忙着打电话帮我联系人来开

门，我却已经行动敏捷地爬上了其中一间没有客人入住的树屋的楼梯，伸长脖子打量里面的情况。

呵呵，真是树屋啊，或者称为“鸟窝”会更合适吧。再或者，把它形容为木质的房车空间，也是可以的。我这么说，大家一定就都明白了。

我很喜欢。虽然后来小陈告诉我，我看到的是最小的树屋，那边还有更大的，有正规一室一厅和两室一厅，但我真的还是喜欢这种小小而精致玲珑的感觉。这才是树屋啊。而且它有一个更精妙的地方，顶上开了全天窗的透明玻璃，躺在床上，在不高的空间里，在林间灿烂的夜空下，想象一下，伸出手去，伸向夜晚的天空，就能把星星握在手心里。窗外，月光伴着林叶的清香，在输送取之不尽的生命的氧气，做一次深呼吸，和自然零距离，有一种健康的美妙，就不知不觉洒满了全身。

那才是我要的感觉。是我要的筑巢在鸟窝里，做一只鸟儿的幸福感。

12

和我一起去水街听一场淮剧

我惊奇地知道，原来水街的夜晚，
还有另一处流光溢彩的角落。

那天，有朋友从北京来看我，他也住在水城度假酒店。夜色降临的时候，他问我：“我这么远来看你，你打算晚上请我吃什么，去哪里玩啊？”

那会儿我们正站在水城度假酒店临河的岸边，我努了努嘴，指着河对岸一排古色古香渐次在夜色中亮起灯光的水街，告诉他：“今天就近，对面盐镇水街，吃喝玩乐一起全解决。”

朋友喜辣，和我一样，无辣不欢那种人。而且他也喜欢热闹。我想的是，那就去水街的胡桃里吧，吃川菜，喝啤酒，听唱歌，正好，啥啥都能满足他了。

一拍即合，正说到他心坎上了。我们立刻决定从水城度假酒店出发，溜达过鹿鸣桥，向胡桃里进发。

夜未央，朋友第一次来盐城，也是第一次被我带到近在咫尺的水街，已经对这里熟门熟路的我，就理所当然地带他先转一圈整个水街。

盐镇水街其实真的不大，但在亭湖区的闹市核心地带，在靠近中国海盐博物馆的串场河边，在“严肃认真”“高大气派”的博物馆，和市井百姓接地气的寻常生活旁，有这样一条以盐业文化为主题建筑形态，以串场河水的流动和映照，而建成的古水街商铺，却是真的很恰到好处的。

它是和中国海盐博物馆规划一体的，都是盐文化的真实呈现。同时，两两相邻，各具风情，不同的风格，又正好完美诠释了相邻彼此关于盐文化的另一种含义。

所以，它很快成为周边居民和游客寻香觅味，和寻踪觅迹的好去处。这里名声在外的，我知道并熟悉的，是八大碗早餐馆和胡桃里。

胡桃里的川菜和音乐酒吧，原本就是一线城市北上广深年轻人夜生活的快乐聚集点之一。我住在河对岸的水城度假酒店，有时候站在酒店的落地玻璃窗前，远眺夜灯下貌似“一声不响”安静的水街，我却总是确信，在那边花草掩映的胡桃里酒吧里，新生活音乐和摇滚的流动，一直在静静的水街古镇暗香浮影，荡漾回响。

那是我曾经对水街最深刻的印象。直到这一次，我带远道而来的朋友，本来是又想奔那片熟悉的城市夜生活而去，因为多转了一圈水街，我惊奇地知道，原来水街的夜晚，还有另一处流光溢彩的角落。那是关于淮剧艺术，是暗夜后另外一种激情和妖娆，竟然，这是第一次被我发现。

当时，我和朋友走过水桥，正准备往胡桃里去，突然，听见水桥的那一边，一阵悠扬的唱曲声飘过水面，抑扬顿挫地传到我们的耳中。听着像京剧，却又比京腔多了一份婉转，要说是越调呢，但又不失高亢的亮丽。这样“南腔北调”的曲调唱起，很好听，也很动听。我们循声望去，只见对面的水坝上灯光灿烂人影绰绰。我们俩情不自禁再循声走近，原来，这里搭着一个不大却很正规的戏台子，台下用白色棚布搭了也不大的半露天观众席。锣声响起，大幕正启，台下一众游客观众意兴阑珊，一出大戏正在上演。

正是淮剧。

哦，当然是闻名已久，却是我第一次亲耳听见的淮剧。

电视台的李导跟我说过。好吧，好多对于我来说新鲜，对于盐城人来说一点儿都不新鲜的普遍常识，都是李导在那个下午的水城度假酒店的大堂吧，耐心而惊讶地告诉我这个他以为是很有文化的文化人的我。而我，在这里顺便声明一下，从来只愿意把我自己当成一个认真的旅行感受者，一个玩家。一个愿意在别处和他乡的风光里，去照见并清

洁掉岁月沉积给我的负累与污垢，并努力回到初心的旅人。

接着李导说。

李导说过，有史可据，淮剧最初起源地是盐城建湖县，而非望文生义的淮安。淮剧以淮河为界，淮河以南的盐城是淮剧诞生地，故称淮剧。再说遥远一点，淮剧是从京剧分出来的，所以它的唱腔，更多的是一份京腔北韵的豪迈和大气，这也符合了盐城靠北，在江苏地域是苏北的风俗情调。但江苏人始终是江苏人，南方儿女的温婉柔和，那是骨子里带来的。所以，南北交融地的淮剧，自然也就糅合了南人北相的各自风格。

好听是自然的。好看，也是自然的。

那天晚上，水街的风柔柔的，我们两个北京来的过客，本来是来寻食觅欢，却怔怔地站在水光桥影里，被那一声声绕梁沉水的独特唱腔，从现世拉回古时，从迈向胡桃里的酒吧中，穿越到了淮剧清凉迷人的另一个世界里。

我们站在那里，听完了一整出戏，听到了曲终人散。

后来，我从李导那里知道，水街的淮剧演出在非疫情期间基本夜夜都有，而且都是有专业水准的演员和票友来无偿演出。正常的日子里是盐城一景，会有很多人闻声而来，来水街倾听一场盐城人最爱听的淮剧。

“那些听剧的观众，有很多都会唱。而那些唱剧的演员们，在大舞台上唱了一辈

子，退下来，在水街的舞台上继续乐此不疲地唱。”说起水街淮剧，李导颇为怡然自得，因为那是他带队组建和推动的。他还告诉我，除了晚上的正式剧目演出，每天下午，都有票友和普通市民在那个地方自娱自乐，引吭高歌。

那里，已成了盐城淮剧的生活剧场了。

我后来真的在某个下午专门去看了一次李导说的票友们的自弹自唱。没有观众，都是演员，只有我一个路人，静静偏隅在他们的戏剧世界之外。但我看懂了他们的世界，看懂了传统文化剧目在他们眼里，在他们专注的形神兼备一招一式里，人剧合一，熠熠发光。看到融入到他们的生命中的淮剧的光彩与鲜活。

那天晚上，我和朋友听到忘了川菜和音乐摇滚与酒吧，忘了胡桃里，也忘了我们还都饿着肚子。

朋友回过神来，问我：“你说过来请我吃香的喝辣的，唱歌摇滚笙歌夜夜的呢？”

我得意地笑起来：“你看，我请你听淮剧了啊，《金龙与蜉蝣》，这么经典的淮剧，这样活色生香的水街舞台，你在北京能听到吗？！”

水街早点生活秀

继续写水街。

还是继续陪我北京来的朋友去觅食。

晚饭没吃成胡桃里的川菜，那就早上请他去吃水街著名的八大碗早点馆吧。

早就听说水街另一个好吃的去处是临街的八大碗早餐馆。八大碗就不用说了，不管吃没吃，要是来盐城不知道著名的八大碗，那就完全没弄明白盐城的饮食风貌了。

“我今天带你去吃早餐八大碗。”我兴致勃勃。其实，我也没去吃过，我知道八大碗是什么，但我并不知道八大碗的早餐是什么。

“早餐八大碗，要吃那么多吗？”朋友问。

到了以后我们知道，当然不是。

事实上，水街有正宗八大碗餐馆，在那里，自然是能吃到非常好吃的盐城名菜八大碗，还能知道八大碗由来的官方解说。这个我们后面说。但水街的八大碗早点馆，已经早就脱离了我们耳熟能详的那八道名菜，它更多的是把盐城人街头巷尾，百姓们日常喜欢吃的小吃早点汇聚在此，让想一次性尝遍盐城好吃的小食早点的市民游客，就在古老的水街小铺，就能边吃一顿非常地道的本地早餐，边开启一天最好的心情。

为弥补前一晚的亏欠，我把店里几乎所有的招牌小吃都点了个遍：鸡蛋饼，鱼汤面，无矾油条，纯豆豆浆……点到我的朋友吃撑了，求饶了，不过，吃饱了的他还是恋恋不舍坐在那里不想走，为什么呢？原来，他看见旁边几桌新进来的客人，也是一大堆一大盘地点，而一桌一桌吃早餐的客人，我们看到的，几乎应该都是盐城本地人，带着老人，拖着孩子，一大家子围桌而坐，吃着丰盛的食肴，聊着熟悉的家常。以前听过一句话，说吃好早餐，才是一个家庭情感交流最重要的仪式感。看来盐城人是懂得的。家人围席而坐，举案欢喜，那些食物，就是他们最熟悉，最有仪式感的寻常生活的味道。

八大碗早餐馆，汇聚食物的同时，也汇聚了盐城百姓的日常生活秀。

而我和我的朋友，在水街八大碗早点馆，不但吃到了盐城最好吃的小吃，还看到了烟火市民真实的生活状态。

13
我和丹顶鹤的一场约会
怀揣一份秘密，去奔赴一场长久期待的约会有多美好。

前面说过，来盐城最初的起始，就是丹顶鹤。就是那首萦绕过我的青少年时代，那首温情的《一个真实的故事》。那首那个年代拍的音乐故事，现在来看画质很粗糙，但故事和旋律却依然是非常的感人。

那个真实的故事，就是关于一个女孩和丹顶鹤之间的生死情谊。

那个时候我就在想，那是天堂吗？怎么会有那么美如仙境的地方，有那样懂人性的丹顶鹤和舍身救鸟的美丽少女。那些随风飘荡的芦苇，如草原上的花一样盛开的盐蒿，成片成片，伴随着MV演唱者甘萍的白衣黑裤，深深留在了我的心里。

毫不夸张地说，那也是我们那一代人最美好记忆的一个点。是我们的青春颂歌。

后来知道，那里是盐城。

是靠近黄渤海的江苏。也是我的故乡归属地。

所以这次来盐城，去找丹顶鹤，去找到那个美丽故事的发生地，去那里看仙境，成了我给予我自己最重要的一项使命。

从我住的水城度假酒店到盐城丹顶鹤自然保护区，路程只有不到五十公里。盐城的路很好，随时出发，半个多小时就能到。但我直到一起来的小伙伴们都去了一次又一次了，我还没有动身。

他们还年轻，不懂我们这一代人对青春的敬仰，和对美好记忆最在意的那种铭刻。我这样给自己一个解释。也只有我自己知道，正是这份敬仰和在意，所以才让我迟迟未敢启程前往。我明白，这是期待已久的一场约会，我要做好足够的准备，才敢赴约。

这场关于青春记忆的约定，关于我的江苏盐城的书，在我心里，是藏着这样一个小秘密的。

团队小伙伴们回来，兴高采烈又幸灾乐祸地告诉我，各种他们和那仙鸟之间互动的趣事和糗事。

他们会说，丹顶鹤尖尖的嘴，扎了摄影师的屁股了，说丹顶鹤走路像跳芭蕾，优雅又傲娇。我哈哈大笑，一语道破真相：一定是摄影师想偷拍的举动惊扰到了仙鹤，所以才被丹顶鹤毫不留情啄了屁股。谁不知道丹顶鹤是鸟儿里面最不食人间烟火的仙鸟啊。

“是哦。”团队里年龄最小的女孩小柒很稀奇地又告诉我，“我们喂它东西吃，它

眼睛看都不看，扭头就走开。我后来把食物轻轻放在它周围的地上，过了很久，我躲在旁边，才看到它慢慢走过来，叼起食物，好像思考了很久，又把叼着的食物在腿边的水里左甩右甩，干干净净洗了两遍，才优哉游哉吃了下去。真的好优雅啊！”

说得那么认真又形象，把我们都逗笑了。

一直到我们的另一位演员到位，我知道，我的丹顶鹤之约应该启程了。

新来的这位叫佳佳的女演员会跳舞，干净素雅，重点是，她是盐城人。这是我和摄影团队在来盐城之前就提前做好的方案。我们在很多备选的女演员里，挑选出一定要具体这几点要求的女孩，不为别的，只为我们要用今天的视角和心情，来重新展现并演绎那个美丽而真实的故事。

当然需要让盐城的女孩，来和它最高贵骄傲的鸟儿们对话。

那是一首能让人内心干净起来，是人和鸟，和大自然，同为一体，命运与共的生死情歌。

这也许就是我想用的一种方式，来致敬我们这一代人已经远去的青春，和始终不肯远去的坚守与美好吧。我要用影像图片，把感动过我的，女孩用生命拯救鸟儿的故事放在我的书里。我要用我的诉说，把最初的真诚与情怀留存，并再一次传承。

会跳舞的盐城女孩佳佳坐在摄影师那辆车，我开车跟在后面。整个行程，风和日丽，蓝天白云，路两旁春天的鲜花和小草一路盛放。我的车里，这一次，一直单曲循环播放的，只有一首歌，只有那首《一个真实的故事》。

在我眼前，所有的万物都在随着那首亲切的老歌变得更加温暖。是的，我要去见我的丹顶鹤了，我要去和那群仙鸟约会，在它们的芦苇荡里。我要和它们四目相对，深情凝望，我要感谢它们和人类曾经爱过的生死契阔，和给过我们的对生命与大自然相处最大的敬重与提醒。

这就是我的秘密。是我满怀的期待和热爱。

怀揣一份秘密，去奔赴一场长久期待的

约会有多美好，想一想就兴奋到要飞起来了。

就这样，我们来到了位于盐城黄尖镇的丹顶鹤湿地自然保护区。

首先映入眼帘的，就是大片湿地和芦苇。虽然不是秋天，芦苇未黄，芦花也没有开，但那一眼望去，恍惚与天地海连接成一片的无际景色，还是和我想象中的一样浪漫。

那种迎风而至的浪漫与舒展，是可以瞬间让人身心都打开，无比敞亮的。

这个时候，我想起高速公路上进入盐城路口城市广告牌上的那句话：盐城，一个让人打开心扉的地方。

真的一点没错。

好，现在保护区的健榕姑娘来带我们去看丹顶鹤，去看那美丽传说中的优雅的大鸟。

我们坐观光游览车向湿地中心开去。还是那份时间节点的小遗憾。健榕告诉我们，从北方飞来过冬的大批的丹顶鹤都是在每年三月份之前都飞走了，现在我们能看到的，都是保护区围养的，也有一百多只。

“就是说野生的丹顶鹤都飞走，没有了是吗？”我不死心地追问。

“也有留下来的。很少。”健榕说，“全世界现在一共仅剩两千多只丹顶鹤了，但每到冬天，总有超过总数一半的鹤群来我们这里越冬。”

“这意味着什么呢？”迷恋丹顶鹤那份高傲优雅的小柒睁着大眼睛问。

“这还不简单啊？”盐城姑娘佳佳自豪地回答，“这意味着我们这里的生态环境是最好的，我们的湿地是最适合鸟儿们来过冬天的家园。所以丹顶鹤们才成群结队年年来啊。”

虽然知道小柒是明知故问，但每一次能重复听到我们想要的，早已知道的，明明白

白的答案，还是让人再次身临其境地感受到了那一份空气与环境的纯静与纯美。

健榕笑了，看得出来，在这里工作的她也很自豪。“是的，自从我们开始保护湿地，退耕还林，飞来我们盐城的野生丹顶鹤就越来越多了。你们一定都知道那首唱丹顶鹤的歌吧，盐城从1983年起，就已经成为国家级珍禽自然保护区了。如今，我们这里已经是世界自然遗产地了。除了丹顶鹤，来我们这里的鸟，能监测到的就有四百多种，列入国家一级保护野生动物的有14种。换个说法，我们这里，就是鸟类王国，物种的基因库。而盐城的保护区总面积，现在已经是将近24万公顷了。”

如数家珍。

其实都不用健榕说，这是所有人类都知道的一个最简单的真理：对自然和生态环境最敏锐和敏感的，就是鸟儿，只要它们愿意去往的地方，就是天堂和仙境。

虽然看不到年年来越冬后已飞走的那上千只丹顶鹤，但健榕告诉我们，每天下午三四点的时候，都会有围养的丹顶鹤在保护区放飞，和游客们简单互动。

是哦，我们赴约而来，但真的只在远远的芦苇处，要么偶尔看到两三只丹顶鹤高冷地远视着我们，对我们的兴高采烈无动于衷。要么就是在被围养的它们的栅栏旁，看见它们依然还是一贯冷静高傲地望着围观它的人

群，一动不动。

但我们想看的是舞蹈的丹顶鹤，想看到它通达人性的灵动，想看到我们，和它们一样同为大自然物种的某种默契，与温暖。

想往日的故事重现。

所以，当丹顶鹤们的放飞演出开始，它们一如既往高冷而优雅地在热爱它的人群的围观欢呼声中，依然只是慢慢悠悠踱着步，无视我们的热情，也无视我们的期待。这时，经过管理员的同意，白衣黑裤如鸟儿般轻盈美丽的佳佳也舞进了鹤群。佳佳娇小的身材，素雅的白衣和黑裤，远望去，就和丹顶鹤们傻傻分不清是人是鹤了。

我们又有了一个小发现，其实丹顶鹤是不怕人的。它们优雅地站立，缓缓地漫步，先是平静地看着佳佳在鹤群中跳舞，佳佳越跳越美，盐城女孩佳佳，用自己的笑和温柔，渐渐和鹤群融合在了一起。然后终于，有几只丹顶鹤情不自禁向佳佳围了过来，其中的一只丹顶鹤，更是靠近着佳佳，踮起细细的脚尖，舞动起它白色的翅膀，和佳佳共舞起来。

太美了！

所有的人都兴奋地鼓起掌来。这样人鹤共舞的场景，我想对于我和我的小伙伴们来说，是永远也难以忘怀的。

是的，美丽的丹顶鹤是懂人性的，它更通人心。它看到了人类对它的善意和爱，它就会靠近，就会和你共舞，就会永远记得人类曾经对它的好和情意。

就像我们一直传唱的那个叫徐秀娟的养鹤女孩的故事，当她用年轻的生命挽救了丹顶鹤的生命后，她的美丽和永生，不但让我们明白了，要永远保护人类和动物共生的这片自然，这片纯净，更让我愿意坚信我自己的另一份信仰：那些丹顶鹤的一次次回来，也是在寻找和保护那个女孩和丹顶鹤之间的，那份穿越了物种间的生死遗言。

它们相信爱，我们更应该相信。

那个真实的故事，就是最美丽的传说

盐城的丹顶鹤，永远和徐秀娟的故事在一起。

这也是一份永远不会去绕开的美丽传说。

所以我们开始跟着健榕去看徐秀娟的故居，看她芦苇深处曾经的小屋。那间简陋的小屋里，一切依旧。她的书桌、她的小床，还有她的吉他，依然静卧在岁月的时空里，似乎一直在等待着它们的主人从门外而归，回到一起患难与共的相依相伴中。而环屋生长着的那些草木丛苇，一岁一枯荣，一岁一复苏，始终如一地用它们的怀抱，在紧紧保护着保护过它们的女孩曾经生活过的足迹与空间。

茅顶土屋的墙上，一张张老照片，一页页旧文字，再次让我们能够身临其境地穿越时光，重温那个美丽而真实的故事，感动于那份朴素却温暖之极的人鸟传奇。

东北女孩徐秀娟，在豆蔻年华告别双亲与家乡，怀揣着三枚丹顶鹤的鸟蛋，像她从小一起如伙伴一样长大的丹顶鹤一样，飞越千山万水，来到刚刚成立的江苏盐城国家级自然保护区，为她热爱的伙伴们，在它们遥远而温暖的冬居地，培育更多的伙伴，建起和家乡扎龙一样的栖息地。

在那个没有高铁，飞机不普及，甚至公路都不完善的年代，第一次出远门的徐秀娟，是如何克服重重困难，保护着三枚珍贵的鹤蛋，完好无损地到达盐城，其中艰辛与小心，是我们今天的飞行达人们无法想象的。

那三枚最初的鹤蛋，在徐秀娟的精心养护下，最终成功孵化出了在盐城的湿地和滩涂上出生长大的小丹顶鹤。年轻的徐秀娟，就像妈妈一样，精心照顾着这群像初生婴儿般的鸟儿，用她从小在家乡知晓到的所有养鹤知识，和最赤诚的心，为丹顶鹤在它们的另一个家乡的栖息和繁衍，做着所有她那个年龄的女孩，能承受和不能承受的所有艰辛困苦。

包括最后为了她热爱的事业，为了救回她的丹顶鹤，献出了她年仅23岁的生命。

那片沼泽地，是她往生的天堂之门，而那片芦苇荡，是托起她飞向梦想的翅膀和羽毛。

是她的爱。

从此，那个美丽的东北女孩，伴着她一手哺育和喂养长大的仙鹤们，永远留在了这片她和她的鸟儿们的第二故乡。永远用一种最美丽的方式，化身盐城黄海湿地旁无处不在的沃土草叶，一春又一秋，四季轮回，在陪伴等待着她的归鸟离去又回来。

我一定相信，当天空鹤鸟南归北还，一定有一只飞在最前列的，就是那位美丽的姑娘。

那不是传说，不是神话，她就是飞走的丹顶鹤，回来的徐秀娟。就是最真实的故事啊。

北方飞来的丹顶鹤，
请到滩涂来做客。
这里的鱼虾最多，
这里的湖水最清澈，
这里的乡亲最多情，
最爱着你跳舞唱歌。
飞来吧，飞来吧，
亲爱的丹顶鹤，
振开你洁白的羽霞，
轻轻地跳啰，轻轻地跳啰……

原来你是这样的“淡定鹤”

这也是一个真实的故事。故事来源于一段网上视频。

都说丹顶鹤高冷，爱理不理人，永远迈着芭蕾舞者般的脚步冷静漠视身边的一切。可是，我看到的那段视频里，有一只群飞的丹顶鹤因为受伤后体力不支，落队掉在了内蒙古通辽市，当地牧民布仁发现了这只受伤的鸟，便将它抱回家，精心养好了它的伤，然后，布仁就放归它，希望它能重新启程，找到自己的队伍，回到鹤群中去。没想到的是，那只伤好痊愈的丹顶鹤一直没飞走，反而每天到点就来敲打布仁家的房门，等布仁出来，它就悠悠然陪着布仁在村里一步一摇地遛弯散步，其憨态与它往日给人的高冷模样大相径庭。村里的村民们看了无不又稀奇，又乐不可支。

可是，每天一本正经来约救命恩人

布仁散步的那只丹顶鹤，却是非常淡定从容。

最开始听说这个事，我也不信，但当我找来视频亲眼看完，我只能相信，有些鸟儿，它们真的比人类更通人性，也更懂得滴水之恩永记在心的普世美好品性。

14

住在鹤影里，体验风物季

那天早上我一醒来，
发现自己似乎变成了一株田野里的草。

那天早上我一醒来，发现自己似乎变成了一株田野里的草。

只因为清晨透亮的阳光照进来，照在一壁落地透明的玻璃窗上，我看见窗外高挑而不知名的草，一簇簇盛开的五颜六色的小花，和翩飞的蝴蝶，完全伸手可及的清香四溢与慵懒，让我认定了我就是一株草，并排长在了它们田野的中间。

那天晚上我喝晕了。如果我没有记错，我就是这么偷偷溜出来的，放着还在忙着一顿又一顿，烧烤宵夜再加啤酒的朋友们，就这么不管不顾，未洗未涮，借着几分酒意，半点醉意，躺卧在“舞水”宽大的落地飘窗台上了。

那天是六一儿童节，一个快乐忘忧的节日。也是可以让我们所有人都有理由放下成年的烦恼，瞬间重回少年的节日。

那天是在鹤影里。

是在它最远的那个院子，院子的名字叫舞水。

那天之前，我听了一首歌，歌名就叫《少年》。

再在那之前，有一天，我从城里开车来这边等盐城的一位朋友，约来约去，我就说我开到鹤影里等他。

我记得那天是近黄昏了，我把车停在路边第一幢院子大堂的旁边。远处是田野，田野旁是一排靠河而筑的黑瓦白墙的院子，而一张灰黑色的藤编圆茶几，几把黑色藤编椅子靠墙伫立，在夕阳的映照下拉长了它们的斜影，似一种无言的等待。

眼前画面充满了诗意。

我坐在车里，被黄昏的暖阳照住，突然就不想下车，不想动了。

而最让我无法动弹的，还是车窗前映入眼睛里一丛丛，我到现在还是叫不出来名字的小野花们。它们盛开着，细小而柔美，艳丽又夺目。就在车窗前那一片，黄色、白色和粉色，兀自成群，随着晚风的一阵阵拂来，小花和细草茎一起晃动，随即便一阵阵惊起那些和小花小朵长得一模一样的蝴蝶们，抖动花翅，飞起，转圈，再落下。

蝴蝶落在叶上，就是花瓣，花瓣在风中

舞动，就成了旋转的蝴蝶。

就是蝶恋花啊。

我真的看呆了。

那种细小的，纤弱而遍及田野大地，寻常可见又寻常视若不见的，平凡而又安安静静的美，就在那一刹那，那一片田野的乡居旁，那一个画面，征服了我。

我就是这样，在鹤影里墙角边最小的花朵里，开始认识到我眼里的大地乡居的美。

那样的美，那些司空见惯平平常常的乡野小花和夕阳氛围，是能让我想起我的童年记忆的。

我的心一下子怔在那片小花、田野和蝴蝶飞的黄昏中。

这些年，以一个旅行者对诗和远方的憧憬与矫情，住过很多客栈，所以，在盐城听见民宿乡居鹤影里后，一直在想，除了丹顶鹤与它为邻，以鹤为题外，它还会有什么可以打动我，可以让我一定要去住一次。

直到我看到那片田野小花的寻常之美。

直到我听懂歌曲《少年》给我的混沌中年的醍醐灌顶。

直到我远去的六一儿童如少年初恋般在这个时刻瞬间又回来。

我想要过一个不一样的六一，我想要在一个不一样的地方，去淡描我人生四季里秋日的浓重，重启生命迟钝的齿轮。

我想要和在盐城认识的各个行业，各个

年龄时段的好朋友们，去鹤影里看见大地的草木花叶，体验生命轮回里片断的风物季。

我想把所有相干或不相干的事与物，都在盐城的大地乡居间细粹、糅合、搅动并再生。

我想任性一次，回到最纯粹的最初，回到土地和青草，再给我重新成长的勇气和力量。

我开开心心地想，如果要在盐城和朋友们醉一次，肯定不应该在餐厅酒吧，不在城市楼阁，肯定应该在乡野、在土地上。那就开开心心醉卧在鹤影里的大地和花草中吧。

所以这场邀约在一周前就开始了。荷兰花海为《只有爱》演出忙得不可开交的戴总，在纷繁复杂的各种事务中排除万难后又排除万难；带我认识了荷兰花海的荷兰帅哥尼克，人见人爱、花见花开、美丽明朗，天天喊着减肥又永远无法拒绝美食诱惑的90后成都妹妹张林敏；盐城美女海燕，和她的好闺蜜，下了班已经在往鹤影里来的路上了，又被我和成都妹妹一通电话，转头回市区去买说是要拿来配着喝啤酒的鸭脖子，而姗姗来迟；黄尖镇的几位本地帅哥，早早准备了食材丰盛的烧烤；还有北京和海南到访的朋友，摩拳擦掌，就为在一个我告诉他们可以放肆，也可以撒野的漂亮院子里喝一场。

万事俱备。

群英荟萃鹤影里，只为六一说少年。

我和成都妹妹先到。我们俩诗意而矫情地坐上小观光车，沿着小河旁的小碎石子路去找我们的院子。

那些小小的花儿依然一路鲜艳地在盛开，蝴蝶缱绻如飞，惊起又落下，恋恋不舍，绵绵不绝。鹤影里真的没有刻意去雕琢的园景和花景，它自然而然，就地而成，就是大地乡居。甚至它的前生，前台客房的小马告诉我，是黄尖镇一个叫黄尖七组的小村落。因为靠近丹顶鹤自然保护区，被设计师们看中，就如水墨泼画似的筑了如影随心的鹤立乡间的十一座院落客栈，每一座院子都有一面临水阳台，都有不同乡居场景的主题院子。设计师也给每个院子都起了一个源自古诗词的名字。而我和成都妹妹选中的，是“舞水”。呵呵，什么意思，我们一通胡乱解释，当然是仙鹤在水中惊鸿起舞，翩跹戏水的意思啊。

此处可当真。

我和成都妹妹一进房间，就同时跳上了那宽大无比的飘窗台。窗台上一茶一几，两座蒲团，阳光入屋，满院芳草。我们俩哈哈一笑，盘腿而坐，装模作样端起茶杯，忽然心照不宣地又笑了起来。两个无辣不欢的大小美女异口同声：要是有啤酒加鸭脖子，那该多好！

如此诗意清雅的乡居空间里，有茶和美景相伴，竟然想起了啤酒鸭脖子，我也真是服了我们这两个吃货的本性。

然后又互相自我解嘲一番：生活和旅行的美妙，就是把我们自己换到另一个诗情画意的地方，和一众好朋友们大吃一顿，再大喝一场。

没有什么生活的烦恼是一顿啤酒加鸭脖子解决不了的。如果有，再来一顿。

那就想做什么就做什么吧。

说到做到，我们打完给正在来途的海燕买辣食的电话，又开始了就地找食的行动。反正闲着也是闲着，两个货真价实吃货的本性，总是不会放过哪怕是风景如画地，也有可能隐藏的每一种美食。我们俩转眼就看到了院子里果实累累的枇杷树，心痒难耐。成都妹妹仗着个儿高，直接伸手踮脚就摘起枇

杷来。枇杷果并不大，但小张妹妹一尝，立刻兴奋地告诉我："快吃快吃！别看这个枇杷不大，真的好甜好甜！绝对是我吃过的最好吃的枇杷，没有之一。"

这么好吃的水果，我当然不会客气，我们把能够着摘到的树上的枇杷吃了个够。然后，小张妹妹坐在院子里惋惜叹道，说是可惜了那些树顶上的枇杷啊，只有等着被鸟儿吃了。

"没事啊，鸟儿没吃着的，熟透了，掉下来，我们再接着吃。"我也早没了大姐姐的一本正经，开始自揭自短，"我小的时候，还上过树呢！要不我们找梯子去，继续上树摘。"

好吧，今天六一，今天是在鹤影里的大地乡居，所以做什么都是可以原谅的。

我们甚至在忘了拿房卡出来进不了门的时候，还灵机一动，绕到了房间临小河的那一面，跳过阳台矮矮的围栏，从虚掩的阳台门"蹿"进了房间，穿房而入，轻轻松松打开了门。

这叫什么？这叫"采菊东篱下，翻栏院子中"。

这就是可以放肆和放飞的日子和地方。

所以，那天晚上，我们借着六一的名义，在我们选的诗情画意的大地乡居，借田野里吹过的清风，频频举杯，畅怀痛饮。当90后的男孩女孩们告诉中年的我们，他们正在看《毛泽东传》时，我们三十四十加的中年"儿童"们，就快乐地唱起了《少年》。

"……我还是从前那个少年，没有一丝丝改变，时间只不过是考验，种在心中信念丝毫未减。眼前这个少年，还是最初那张脸，面前再多艰险不退却……"

是啊，星空还是那个星空，田野还是那个田野，花儿还是那些花儿，蝴蝶还是依然在飞。只要我们内心不变，土地还在，只要年少时代珍藏的那些记忆回来，我们就能立刻变回那个少年。

所以我们的六一晚宴，吃了一顿又一顿，酒，喝完一瓶又一瓶，不过就是想在这样的一天，让自己像个孩子一样任性一次。就像网上那个写信给自己妈妈的十三岁的孩子定义的：所有的大人都只是长大了的孩子，只是可惜他们自己忘了。在许多事情上他们和我们一样，都是第一次接触、第一次面对。如果一个儿童他经历的事情很多很多，你会

认为他是一个大人吗？当然不，你只会认为他比较早熟。那我们为什么不能将大人也分为小孩子呢？他们也只是经历了很多，但也还在不断面临新鲜事情的到来。所以，面对不断改变的新鲜的世界，还有所有的第一次，无论在任何年龄，爸爸妈妈也都是个孩子。

说得太好了，这就是我们要的岁月归来，是我们的生命负累越久，越渴望的“愿你出走多年，归来仍是少年”的初衷。

总有一些地方和日子，是可以让我们如此这般偷得浮生半日闲，可以让我们忘掉城市和人群中那个似是而非的自己，可以让我们重回土地、空气和自然，去获得微小而又巨大的能量与快乐，做真实的自己。

比如贴近大地的乡居。

比如我们始终如一的六一。

那天早上，酒醉初醒的我，站在玻璃窗前，认认真真拍了一张长在我身边院子里，那一丛丛高挑而不知名的草，然后发给鹤影里前台的小马经理，认认真真问她：“我在哪儿？这是什么草啊？”小马经理一会儿就给我回了过来：“这是花叶芦竹。姐姐您住的是舞水院子。”

哦，难怪我一直看不出来我窗前院子里的这丛不全像芦苇，又不是竹叶，也不是任何一种花树的植物是什么。我以为我醉了，原来我就是醉了。我就是大地院子里的一株草，我的房子是鹤鸟们舞水戏溪的巢。

我就是这样在田野里任性了一次。

15

美人聚打边炉

这个有点像生活中的闺蜜『加油站』。也有点像万千世界百态生活的一处小场景话剧。并且是可以看到听到很多，当下当景最真实的那种话剧生活秀。

盐城美女海燕是个朴实而热心的美女。我刚来盐城那段时间，实话实说，偶尔闲下来的时候，会有一点点陌生的孤独感。毕竟这里对于我，是个新的城市。我的那些可以吃吃喝喝、可以逛街聊天、可以闲话家常的闺蜜和“酒肉”朋友们，都在遥远的北京。初来乍到的我，除了工作，就不知道应该怎么打发空下来的时间了。

我甚至都不知道可以约谁，一起去逛逛街，吃一顿盐城人真正喜欢的，街头巷尾的好吃的东西。

所以海燕美女很善解人意地窥见了我的这份落寞。

那天和她聊完事，我们正准备各自离去，她忽然想起什么似的又转过身来问我：“曾丹老师，明天周末，你有安排吗？要是没有别的安排，我介绍几个好朋友给你认识。都是美女，我们约了在新弄里吃打边炉，你也一起来啊！”

正合我意。我当然一口答应了。何况都是美女，还有美食，还在盐城的新商圈新弄里，还有街逛，我想要的美好周末的元素都有了，我当然迫不及待赶快答应了啊。

第二天是个阴雨天，新弄里离我住的酒店并不远，我算了算约好的时间，按照在北京的习惯，提前了二十分钟出门。

我来早了。我忘记来到盐城后，让我这个在大北京被堵习惯了的人，欣喜而又不习惯了的不堵车法则，所以每次和人约，我总是早到。

所以，在海燕告诉我的那家雅致的港式打边炉小包房里，我是第一个到的人。

我发信息告诉海燕，然后海燕回我，说有一个叫恬恬的美女马上就到，她是电视台的节目主持人。海燕说你们都是做文化文艺类工作的，肯定能有共同话题。“一会儿来的都是我好朋友，你们先聊天，我稍微耽搁一会儿，很快就到。”海燕说。

手机那边她的话音还没落，包房的门口就出现了一个娇小俏丽的美女身影。我看见她正睁着明亮的大眼睛看着我，我也看着她，然后我们俩几乎同时看着对方异口同声问：“你是海燕的朋友吗？”说到海燕，我们俩都笑了。没错了，都是海燕约来一起过周末的闺蜜。先来的这位漂亮妹妹，就是海燕说的在电视台工作的恬恬。

海燕还未到，我们就自己先做了自我介绍，开始聊天。我告诉恬恬，我的工作是做文化，写过几本城市的书，这次是从北京过来，也是江苏人，但现在已经长住北京了。恬恬告诉我，她很喜欢看书，去过北京几次，也有中学同学考到北京读书后就留在了那里。看得出来，恬恬是位模样很温婉，但又很懂得照顾别人的美女。初次见面，她怕我拘谨，就一直在借先安排菜品的时候，不停问我的喜好，喜不喜欢吃打边炉，有什么特别喜欢吃的菜一定要告诉她来点上。然后恬恬又说，这家打边炉店是新弄里商圈新开的，是家连锁店，以前她去上海出差的时候吃过，觉得味道菜品都很好，所以这边新店一开，就约了好闺蜜们一起过来尝鲜。

“其实，疫情的原因，我们几个好朋友也好久没聚了，这也是年后初次约吧。大家也都闲慌了。一会儿她们来了，介绍你认识，她们都是在盐城长大工作的本地人。我们都是好多年的朋友了。”

和恬恬开始慢慢聊熟了，海燕和另外两位盐城美女也陆续到了。

好了，五位大小美女，疫情后在盐城雨天相约，围炉而坐。除了海燕，刚才已经和我聊了一会儿的美女主持恬恬，另外两位，一个是本地旅行社的晨鸣，另一个也是在广播电台做编导工作的文文。

虽然和我都是第一次认识，但打边炉的热闹沸腾，闺蜜们邀约相聚的亲切感，再加上我来到盐城后，每每介绍我自己时，一定要郑重告诉别人我也是江苏人的老乡认同感，气氛也就毫无距离感地很快熟络起来，话题也自然而然地随意而轻松。

没有刻意，也没有主题。不管在大都市还是小城市的生活里，女人们周末如果能从繁忙的工作和琐碎的家务中抽出时间，聚在一起，无论是喝咖啡逛街，还是打边炉聚餐，话题自然是漫无边际的家长里短，市井烟火和高雅格调并行。

我很喜欢这样的感觉。我在我曾经长期生活和工作的地方，也是会有一群这样的姐妹们的。生活有的时候不易，工作也会有诸多不顺，做女人很难，做单身女人难，做有家庭的女人也很难。所以，有空姐妹们约了一起聚聚，吃一顿，喝一顿，逛一逛，把心里的顺或不顺，跟好姐妹们倾诉，聊完，交流一下。什么都没有解决，什么也不需要解决，或许就轻松了。回去，一切如旧，生活照常。

这个有点像生活中的闺蜜“加油站”。也有点像万千世界百态生活的一处小场景话剧。并且是可以看到听到很多，当下当景最

真实的那种话剧生活秀。

我就这样自自然然加入到了盐城闺蜜“群聊”群里了。

性格最爽朗的晨鸣第一个发言，她告诉我们，她几乎完全被停止的这几个月是怎么过的。

她是做旅行社的，从年初开始的疫情，让本来应该是忙得不可开交的她，被迫停止取消一切旅游项目，一直闲在家里至今。“真的从来没有在春节这样闲过，也没有这样放松过。”晨鸣说，“想想也挺好的。待在家里这几个月，我把以前想看一直没时间看，欠的一堆好书和好剧，全刷了一遍。能有时间静下来看看书，陪陪家人，也是难得的一件好事。”

晨鸣说完，文文就讲她这个长假期的快乐日子。原来她也是在家陪儿子了。她们这几位盐城美女，都是70末80后的，正是小中年，上有老下有小，也都是事业奋进的年纪，平时忙起来，真的很少有时间能好好陪家人孩子，这一次长假，就索性一次陪个够，把缺失的爱都补给家人吧。

文文认真好玩的给我们讲她小儿子的趣事。

文文的儿子10岁，小小少年竟然也情窦初开，平日里和同学们玩在一起，上下学同路，共同做作业，也就有了他喜欢的小女孩子，和另外喜欢他的小女孩子。郎骑竹马，两小无猜久了，这样，也就有了小烦恼。原来，有一天文文的儿子回来告诉她，他本来想把他得到的一个一直戴在身上的新年礼物，送给他喜欢的那个小女孩，结果，另外那个喜欢他的小女孩看到了，就抢先对文文的儿子说，她喜欢他这个礼物，她想要让文文的儿子把这个礼物送给她，可不可以？直爽勇敢的小女孩让小男孩为难了半天，终于，小男孩决定把礼物送给了这个喜欢他的小女孩，但小男孩送出礼物的同时，也很认真地告诉那个小女孩一句话，他说：我可以送给你，但我不喜欢你，因为你长得不是我喜欢的那种“型”。完了。得到礼物的小女孩伤心了，跑去找老师告状，老师想了想，也给僵住了，不知道应该怎么来破解这个小小少年的“爱”之难题，也不知道是应该表扬还是批评文文儿子这份过于直白的坦白了，就当趣事告诉了妈妈文文。

呵呵，故事有点长，还有点复杂。我们听完都乐了。这算是童年版本“爱我的人和我爱的人”之少年维特的烦恼吗？我们几个大龄美女开心完，就此展开对爱情的热烈讨论。

从童年爱情延展开，恬恬美女忍不住来发表她人生亲历的，青梅竹马的爱情到底好不好的真理问题。

“如果下辈子重新选择，千万千万不要再和自己从小到大的同学发展成恋人情侣到夫妻关系了。你们想想，几十年就对着他这样一个人，好也是他，不好也是他，几十年下来，真的看都看腻了。真的会审美疲劳的。”原来恬恬的爱人是她小学中学一直到大学的同班同学，是真的如兄如妹一直看着彼此长大成长，最后又成为一家人的。听恬恬说的时候嘴里全是嗔怨，其实我们每个人也都真切地听得出来，那份小嗔怨里隐藏不住的，是满满的幸福感。

恬恬继续发表她的感想：“不过我还是赞成在什么年龄就做什么事，而且要在自己有能力范围的情况下，把自己的人生每一

步都完成好，生活工作都不能缺。我大学毕业回家乡，按部就班工作，结婚，生女儿。我觉得很好。在二三线城市生活压力也没那么大，该干什么都没落下，什么也不缺。不像我去了北上深的同学，夫妻俩年薪都挣上百万，好不容易贷款买了房子，却三十好几了一直不敢生孩子，说是大城市压力大，怕负担不起。”

说的是实情。说得我这个从一线大城市来的，想起在东三环每日上下班高峰时期的滚滚车流，和隐藏在如潮人流下的生存焦虑，就一阵唏嘘，语塞了。

还是海燕最简单明了。“我就觉得我们盐城非常好啊，你看看我们这里的女孩子，别看海边风大，每个人皮肤都很好的，细腻光滑，白白净净，得少用好多名牌护肤品呢！”

我也发现这个现象了。我很好奇。海南的海风把海岛美女吹得都黑黑的，可是来到这里，发现黄渤海的风不管怎么吹，都没把盐城姑娘们吹黑呢。

“这是为什么呢？！”我当然要问。

“很简单啊，我们这里风水好啊，一方水土养一方人啊！”海燕很自豪。

好吧。想想我那些换来换去也换不回来肤白如雪的护肤化妆品，我想，那就不如有一天，直接把自己换回到盐城来生活吧。

雨停了。打边炉吃得精光光，闺蜜加油聊天会也快宣告结束。我们茶足饭饱，准备各种道别回去。

回去，一切如旧，生活照常。但流淌在小城市生活态里的这份周末姐妹淘，无意中让我在这个雨天的盐城，感受到了大都市里已经越来越少的温暖日常。

16

西溪古城一日游

有时候，你只有不走别人走过的路，你才有可能看到别人没有看到过的风景。

第一次被西溪古城惊艳，是摄影师们去了以后带回来的给模特果果拍的照片。在电脑上快速浏览他们的胜利成果时，我移动键盘的手就在果果在一处古城门楼上的照片停住了。

“这是哪里？”我惊叹，“这完全是油画一样的大片感觉啊！”

团队的小伙伴们让我猜，说猜出来有奖。

我猜不出来。

所以，当后来有一次我和本地文旅局的一位朋友吃饭，他很自信地告诉我，他在盐城做了很多年文旅工作，基本上每个地方，他只要看一眼照片，就知道是哪里，不管我们怎么拍。我听了，也拿起手机，充满自信地把那张让我惊艳了的照片拿给他看，让他告诉我这是哪里。他皱着眉头，举着眼镜，看了半天，我也得意地告诉他，答对了有奖。

他没能答出来。

那张照片拍的地方，就是盐城朋友推崇备至，众所周知，但我和他都没能猜出来的东台西溪古城。

盐城朋友没有答出来，真不是他的原因，而是我们一群外来者，一开始，真的是用完全无知无觉，在用有点“盲游”的方式，用我们的方式在解读盐城的一些风景点。我们总在寻找和发现一些非主流的旅行景点。

这也是我的一种小任性吧。有时候，你只有不走别人走过的路，你才有可能看到别人没有看到过的风景。

这也印证了另外一个真理，身边的风景不自知。有时候，反而是外来的人，换个角度，更能看得清我们常常忽视，而习以为常的美。

那张果果在城门楼拍的照片太漂亮了，漂亮到就算我已经去过很多古城，我也没有理由来拒绝再去一次西溪古城。

哪怕就是去同一个地方、同一个位置，拍一张一模一样的“买家秀”跟风照，也是必需的。这是我最初给自己再去西溪古城的最大的理由。

至于大家后来告诉我的它的众多景点，比如《天仙配》里结婚一定要拜的老槐树，董永哥哥出生地，和七仙女相亲相爱的生活地，我都听了有点懵。话说关于这个美丽传说的发源地之争由来已久，包括严凤英的一句唱词，也曾坐实过是我的出生地江苏丹阳才是董永的老家啊。好吧，神话传说就不去争了，反正爱情的美好是人人向往的。既然每个人心中都有一本《红楼梦》，那每个美丽的地方都有它的《天仙配》，也是很正常的。当然了，除却董哥哥，除了想去拍张“买家秀”照片，东台西溪这个地方，北宋时期竟然出过三个有名的宰相吕夷简、晏殊和范仲淹这么个事实，也是惊着我了。

我对出名人名士的风水宝地，自然也是藏了一份敬仰之心的。

当年，连范仲淹初到西溪上任之时，也曾用一首诗，笑而答之那些欲劝阻他不要去小地方做盐官的人：谁道西溪小，西溪出大才。参知两丞相，曾向此间来。

这样一想，我又多了一层非去不可的理由了。

所以，去西溪，从最开始的不以为然，变成了我又一次呼朋唤友的聚众之行。我当然得叫上所有我能忽悠得了的所有好朋友，跟我一起去分享我即将到来的遇见和惊艳。

那位没答出来照片拍摄地的盐城老文旅，被我一本正经约好在西溪见。善良的海燕美女顶着烈日，穿着小细高跟，也被我从阴凉舒服的办公室里叫了出来。

就这样，加上摄影师，我们一行四个人，浩浩荡荡开始了正正经经的东台西溪古城一日游。

既然是一日游，那就一步步按顺序来讲哈。首先打卡的，是摄影师洋洋自得的拍照城门楼。就是每次开车路经东台西溪，基本都会必经的，像电影场景地，那挂满了红灯

笼的高高的城门楼。

后来我们知道，原来那就是一个很有名的影视剧制作创客中心。

女人们为了拍到好看的景点照片，那肯定是不怕苦也不怕累的。那天气温高达36度，我和海燕，一个穿着自我感觉良好的长袖套装，一个踮着脚穿着小细高跟，一起爬上了那高高的城楼。风景的确很好，重要的是，你一定要上到城楼上，才会看到上面竟然整整齐齐摆放着那么多的大酒坛子。壮观得就像要拍电影《红高粱》的酒神 MV。当然，它本来的一个重要作用，就是拍电影电视剧用的真实场景，但我还是忍不住调侃了一下

海燕：知道你们盐城东台出陈皮酒，但也不用夸张招摇到这种地步啊。

拍完照，我们才心满意足来到侧面的游客中心，和已经在等着我们的那位老文旅大哥，一起跟着导游小女孩从头开始游古城。

西溪古城的景点其实是有点散的，我这里的散，是说它内容多而分布的散。以至于一条马路穿过，另一大主题天仙园，竟然在大马路的那一边。以至于有时候匆忙了，就会只逛了城门楼这边的景点，忘记了那边还有更好玩的。

比如我那几个小伙伴们，他们第一次去，找到了城门楼无敌的拍照打卡点，准备再去找天仙故事里的老槐树时，却自始至终就在这一边转，一声不吭，自作聪明，明明董永和七仙女是在对面天仙园里的那棵老槐树拜的天地，却误把这边梨木古街门口石桥木桥旁，那株围起来的古树，就当成了天仙配里结婚都要拜的老槐树。也不知那会儿那俩傻小子拜还是没拜，拜了也没用。

所以，道理又反转过来，有时候，“盲”游也是不对的，也会错过本来不该错过的景点。

梳理一下。城楼这边有这么几个我认为有意思的去处哈，仅供大家参考。

第一个必去，也必看的，当然是千年古塔海春轩宝塔。是真的上千年了。虽然相信一定是经过修缮才能保存到今，但好在这里的人，真的并没有把它修旧如新，还是依旧

在修复的过程中，保留了它原来的本色与沧桑。导游小妹妹说，这个塔以前是航标塔，经历过多年的海水侵袭海浪冲打，所谓的历经风浪，这也是它的材质能得以千年不坏的主要原因。这也又一次证实，东台西溪这块今日厚实的土地，千百年前真的是海。我们按照风俗，绕塔走了一圈，看见塔身上有深浅不一的斑迹，导游小妹妹再次告诉我们，那是“文革”时老百姓为保护海春轩塔不被破坏，贴上了毛主席语录。

而我对海春轩塔最深刻的印象，就是有一群白鸽一直飞飞停停地栖息在塔身上，在四周绿树鲜花和白鸽的映衬下，它的墙面上，那些深刻入体的“年轮”，就像一位沉默而沧桑的老人，始终在见证着岁月的变迁与繁荣。

然后，就是读书孩子喜欢来拜拜的通圣桥，和一不经意走进去，就会发现有一处又一处院落客栈的梨木古街。

还有千年护国禅寺泰山寺。

最后重点要说的，当然是天仙园。

董永和七仙女的故事有多经典，这个就不用我来再说了，这个爱情故事，好像已经被奉为第五大爱情传奇了。我想，我们一遍遍想起这样的故事，并把它们喻为一种信仰，是不是也是因为，在物质和文明越来越发达的今天社会里，纯粹而美好的爱情却越来越少，越来越远。白首偕老，不离不弃，有的时候，终究是我们如果不能握在手中，那总

是要藏在心里的。

在东台西溪的天仙园里，戏文里董永七仙女故事中的生活场景处处都是。月老的雕塑造型就有好几个，就算是那棵著名的老槐树，都有俩。咳咳，当然，一棵是货真价实盐城青年男女结婚都要来拜的真的老槐树，另一棵呢，巨大无比，立在河中间的桥旁边，还有两只会转的眼睛，和游人一走近了就会说话的一张大嘴。

还真和那个黄梅戏经典电影《天仙配》里能开口说话的老槐树一模一样。

这一棵当然是人造场景了。导游小妹妹透露说，西溪也正在计划天仙故事的实景演出呢。

很期待。

好了，现在说重点的重点，也是我个人最喜欢的，天仙园包括整个西溪古城风景区最靓的一处景点：董家垛。

我差点放弃。因为快走不动了。到了以后才知道，幸亏没放弃。所以，推荐所有以后有机会去盐城西溪古城天仙园的朋友们，一定要坚持走到最后，走到传说中董永哥哥生活过的村子董家垛。

好吧，先告诉你们吧，那里面有一个已经成为真正的网红打卡地的点，那就是斜屋、横屋和倒屋。

董家垛有董家打铁的铺子，李家造纸屋，陈记掌箩和超好喝的豆浆店，都是土土的屋子。和我们在别的景区还原各地同样民俗风格不同，它不高大上，它没有做成让人仰望陈列的博物馆，它就是在一个小村庄里，一个个小小的生活场景。

但是我们每个人都超喜欢。

最喜欢的，当然就是够有创意的那三间颠来倒去的屋子。

一定要去看。去看看一个屋子横过来，斜过来和倒过来以后会是什么样子的。去看看屋里的物件，和门前房后的小草与小花倒着斜着又是什么样子的。顺便也去感受一下，在倒着横着和斜着的小屋子里，只有你是正着的，是种什么样的体验。

真没想到，在以神仙爱情为主题的董家哥哥村子里，还有这样超时空的想象和创意。

真的很好玩。

难怪仙女要下凡。

就这样穿过水浒园

一开始我真的没弄明白，为什么盐城会有水浒园，水泊梁山不是在山东那边吗？实实在在，梁山就在山东省的梁山县，我去过，所以我知道。

我现在知道了，盐城的水浒园，是作者施耐庵生活和写作的地方，他就是大丰人。一个似乎从没行走过江湖，驰骋沙场的文弱书生，仅凭一段历史上农民起义的故事，展开想象，就写成了传世名著《水浒传》，只能说，此地的确是风水宝地，物杰人灵。

位列四大名著，又是在这块土地上诞生写出名著的人，并在这里把书写成，冠名“中华水浒园”，就名副其实了。

去西溪古城的路上，是可以途经中华水浒园的，我们就先去的水浒园。

水浒园是一个门进，另一个门出。进门的那座桥叫“水泊桥”，最后出门的那座桥，自然是梁山桥了。我不知道这样的路径设计，是不是寓意当年逼上梁山的英雄好汉们的决意不走回头路，那就暂且这样认为吧。我仔细看了一下，园区内除了有施耐庵纪念馆和长长的碑林，整个园区，四面环水，似乎只有两桥接着岸边，恰似一个水泊小梁山。是盐城多江河，自然形成，还是后人修园时的灵机一动，就不得而知了。

水浒园很安静，我们去的那天人不多。但是海燕告诉我，东南亚回来的侨胞和旅行社，反而最愿意来这里。

“为什么？”我一下子短路，有点不明白。

“这是中华民族真正的文化财富啊。他们在海外的人，比我们更懂得这些财富对于世界，和给予他们的伟大意义。”海燕回答得真漂亮。

的确，只有文化的财富是拿不走的，是真正可以代代相传的。

所以施耐庵们在，水浒园在，中华文明的力量和脉络就在，就不会消失。

最后说个让我记忆深刻的小印象。

整个园区宁静庄重，符合大众对历史文化园馆的常规认知。但在水浒园的一些小角落，比如，歇息的石凳脚下，桥墩，和垃圾桶上，会有一些小小的水浒人物的卡通造型，贴在那里，有点像我们家里的冰箱贴，当然不会是冰箱贴，但是，真的好可爱。在那一片展现历史长河和名著的伟岸与端庄中，卡通人物造型穿插其中，显得如此轻松又顽皮，给夏日艳阳下穿行在水浒园的海燕美女和我，带来了一丝童趣。

在此提个小建议。其实，传统文化传承和传播的一个最大课题，是如何被时代所接受，或者说，如何用现代人喜欢的时尚方式重新解读。我们看过的现象级动画电影《大圣归来》，做过一次成功的尝试。那么，我们的水浒呢，无论以后再以任何一种艺术和文化的形式再说水浒，赋予它与时俱进全新的时代意义，才是名著之于人类文明最重要的根本。

17

新弄里的 C位书香

他们的人民一直在读书，城市的书店也并没有被更多的商业经济所吞没，而是一直越来越多地在开着。

我的90后小美女助理，正在读深大研究生，是个“不爱红妆爱文妆”的小美女。正值花样年华，却很少逛商场，平日里最喜欢去的，却是书店。

所以我一到盐城，当我有点惊奇地告诉她，为什么盐城的大街小巷马路两旁，有好多好多各种各样的小书店和书房书院时，远在深圳的她，就不以为怪镇定地回答我：“这不奇怪啊，我早就查过了，盐城人爱读书，崇尚读书，所以书店就多。就连全苏北最大的“言＋买”书店，都是开在盐城的。”

这还真让我稀奇了一下。

爱读书的人大概都知道，“言＋买”是一家极富创造力和想象力，展现自我和个性创意生活的空间书店。空间这个词，是我在去过“言＋买”后，找不到更具体形象的形容词后词穷的形容词。那就先这样用着吧。言几又的第一家店是在北京的中关村，这不稀奇，稀奇的是它的升级版“言＋买”在盐城也有，而且还是苏北最大，而且还是开在盐城最新最潮的商业圈新弄里。

所以，当小美女助理建议我，有空的时候不如去看看，我一口就答应了。

因为学业紧张，这次小美女就没能跟着团队来盐城，那就让我代她去感受一下她最喜欢去的书店吧。

心里有了盐城人爱读书这个代入感后，当我们开启全城游历的过程时，我就会更惊讶地发现，盐城不但书店多，往往城市里最好的建筑也一定有学校。记得有一次，我开车从戴庄路回水城度假酒店，等红绿灯的时候两边一打望，看见车右手边有一座非常气派，又漂亮又大气又时尚的大门，我就在想，这是什么新建楼盘啊，修得这么高大上？再仔细一看，乖乖，原来大门上赫然印着五个醒目的大字：串场河小学。

我有点傻眼。这座就算在一线大城市，也可以堪比豪华顶级楼盘门面担当的气派大门，竟然是串场河小学的校大门。

牛！

再以后，有好几次我和小伙伴们开车从新修的城市高架路过，只要一看到高架旁冒出的某座漂亮大楼，我都会告诉小伙伴们，没准儿是学校。还真猜了个十拿九准。

我们真的都很感慨。

“这不奇怪啊。”在北京的那位盐城朋友也用和小助理一样镇定的态度回答我，“那我建议你再去看看著名的盐城中学。在我们那里，读书就是一件很崇高的事情。读书的孩子能考上像盐城中学那样的学校，就是全家的荣耀。在盐城，读书不是孩子一个人的事，是全家人的事情。”

这件事情，后来在和盐城文旅公司的小周聊天的时候再次得到证实。小周是90后，已成家生子，曾经也是考进盐城中学，再考上苏州一所大学毕业后回家乡工作的盐城孩子。他很谦虚，说自己当时成绩不算好，没能考上更好的大学，但说起曾经的母校盐城中学，谦虚的他还是抑制不住满满的自豪感。

按照小周的说法，盐城中学每年考上北京那三所国内最著名大学的人数，一定是以百位数为计数的。

真的够厉害的。

我决定先去朝圣一下最著名的盐城中学，再去感受最时尚的书店“言+买”。

去了以后才知道，盐城中学的校区就有好几处。遗憾的是，别说正是疫情期间，就我一超高龄“学生”样，当然没办法进去校门。所以，我就怀揣着学生时代的美好记忆，绕着校园外的围墙欢快地转了两圈。我看见了绿树成荫的学校围墙内伸出的枝繁叶茂的大树的枝叶，那些年深月久，明显有年龄感的树和墙，就已经给了我同样足够多的读书

年代的回忆。

我还记得在市中心最大校区的大门口，学校保安迎着我的车走过来，和颜悦色问我这个外地车牌的外来者的来意，我有点点尴尬地告诉他，我不是孩子家长，我也不是来看孩子，我就是想来看看这所学校。和颜悦色的保安立刻心领神会，但他立刻又用很同情的口吻告诉我，学校现在不开放呢。这点，我早已能料到，我不能料到的，是和蔼的保安那见多不怪的“静静”的表情。

朋友没有夸大其词，看来，来朝圣过此地的人有点多，所以连保安都不足为怪了。

说回正题。现在我要去新弄里的“言+买”书汇了。

我选的日子非常好，是4月23日，世界读书日。

当然应该去书店。

前面说过，新弄里应该是盐城主城区新修起来的商圈，很大，也很时尚。全部商业业态项目面积达50万平方米。因为周边都是比较高端的住宅区，年轻时尚的人也多，所以开发商一开始定位，就是立志要打造盐城集高端酒店、顶级写字楼，和一线品牌主力店为主的、休闲一体化商业空间。所以，按照常规的思维逻辑，就可以想象，这样的商业黄金地带的租金价格有多贵，尤其重要的窗口位置，也就是我们习惯说的C位。如果是在大城市，那一般都是要国际奢侈品大牌，至少，都是服装、珠宝、手表品牌类店铺，

才能承受得起那样昂贵的租金。

但是在盐城新弄里，最好最大的商业位置，是给了以营业图书为主业的“言＋买”书汇。而且，只要去过的人，都只会对整个新弄里印象最难忘的，也是书店“言＋买”。而还没有去过的人，也会被去过以后的人口口相传，成为去盐城必须打卡的时尚网红地。

我也不知道我这样说，会不会得罪一众新弄里其他各有特色的商家，但我个人，此后只要一想起新弄里，那座占据C位的全苏北最大的空间艺术书店，就立刻浮现在我眼前了。

细细说一下。新弄里的“言＋买”书汇，是盐南政府和言几又书店共同合作的，整个空间面积将近八千平方米，藏书超过二十万册。这是我进去被震惊后询问书店店员得知的。讲真，我的震惊还是因为这样巨量藏书和庞大面积的书店，是在盐城这样一个被归为三线城市的核心商业圈内。

震惊以后再想想，没错啊，城市最多量的小书店，和城市最好的学校建筑群，已经是我对盐城这座城市最直接，最扑面而来的另一种最强烈的感受，那“言＋买”在新弄里占C位，也就不足为奇了。

再举个详细点的例子，我住的水城度假酒店西门马路对面，就是公园道一号小区的入口大门，在大门两旁林立的小商店里，就有三家是书店。这是我在别的城市少见的。

咳咳，我可以说我在北京也没见到过小区的一个大门外的商铺里，会开有三家书店这样的现象吗？！我这样说了以后，会不会被北京朋友们愤怒地嘲笑我缺少见识吗？！

至于盐城的城市道路两旁的广告牌上，经意不经意，就能发现并看到的各类读书节读书风公益广告，那就更多了。

所以，不是“言＋买”在新弄里占C位，而是热爱读书这件事，在整个盐城人心里，一直都是占C位的。

歪个楼，我一直特别执着地认为，在这个已是互联网阅读的时代，能够静下心来去书店买书，再认认真真坐下来读一本书，是一种回归和坚持，更是一件非常有仪式感的事。

好了，再说回藏书二十万册的新弄里“言＋买”。其实那天在“言＋买”，我一本书都没看成，我只顾着享受“言＋买”新潮又时尚的梦幻空间感，想象着在那样的空间里读书的非一般的感受。我走神了，我被“言＋买”岔了心。我真心地发现，在那样目可所及，身临其境，层层叠叠浩瀚无际的书的海洋里，就那样静静地待着，什么也不做，所谓的书香和书卷气袭面而来，就会让我安静充实和高雅起来。

出来后想想，我也曾经爱看书的啊，但我这么一个后来有些被急功近利的繁华和焦躁怂恿，同样顺波逐流热衷于网上阅读，只会热爱品牌商圈，热爱逛街消费的城市动物，竟然在盐城的大商圈里，在一个大书店耗了一整天，说明什么问题呢？

说明：读书始终是好的，读书始终是我们内心最初和最终的需求。也说明了，回归读书这件事，有时候也是需要强力的氛围和提醒的。

盐城人民幸运的是，他们，和他们的城市没有那种焦躁感。他们的人民一直在读书，城市的书店也并没有被更多的商业经济所吞没，而是一直越来越多地在开着。

爱看书的保洁阿姨

我想用关于我和我的书的故事，来再次印证上面的观点。

首先声明，把这件真实的经历说出来，不是炫耀，也不是为了推广什么，真的只是一个很微小，却实实在在感动了我的盐城“故事”。

我一直住在盐城的水城度假酒店，刚到的时候，我带了很多本这几年写过的其他城市的书来。我想，如果我去到盐城的每一个要走访的景点时，可以把我写过的书拿出来送给这里的朋友，告诉他们我在做什么，我会怎么做。同时，也会告诉他们，这种有点新颖的，讲小故事的图文书，曾经对我写过的那些城市的文化旅游的推动，是做出过一些小贡献的。

那些书就堆放在酒店房间的茶几上，和我平时自己看的书都堆在一起。然后，有一天，我抱着几本书出去，走过酒店走廊的时候，一直给我房间打扫卫生的两位保洁阿姨正推着保洁车过来，她们照例侧身微笑跟我打招呼问好。住得久，也熟了，我也笑着问候她们。没想到的是，我正要准备按电梯下楼时，两位阿姨像是突然鼓足了勇气，追过来对我说：“这位美女姐姐，我们有个小小的请求，我们可以找您买两本您写的这个书吗？”我当时真的吃了一惊，我看了看我抱在手里自己的书，反问她们：“你们怎么知道这个书是我写的啊？”两位阿姨有点不好意思，脸微微泛红，解释道：“我们做卫生的时候，书不小心掉到地上，捡起来擦拭的时候，看到里面有您的照片，有作者的介绍，我们就知道是您写的。因为书太漂亮了，图片和文字都很美，我们就忍不住看了一点，被您写的那些地方的故事打动了，所以，就想问您买两本这个书，拿回去慢慢看。”

两位阿姨说得非常诚恳。素不相识的她们的诚恳，和对我写过的，离她们那么遥远的海南和山东的小城故事，以及风土人情的认可，又让我真的很感动。我感动于自己的书被素不相识的盐城的姐姐妹妹喜欢，更感动于平时低调谦逊，除了认认真真工作，从不和住店客人多言多语一句话的她们，为了一本自己喜欢的书，却愿意鼓起勇气来，和客人沟通。

她们的勇气和喜爱，让我没有任何理由拒绝她们。我特别认真地把自己写的博鳌、龙楼和台儿庄的书送给了她们。我告诉她们，如果喜欢书里的故事，有机会，也希望她们会因为我写的书，而去到那些地方玩。

诗和梦想，先在书里，再在心里，最后成行在远方。

那两位保洁阿姨，让我再次看到了盐城人对读书的崇敬和热爱。也让我在动笔写这本书的时候，一再告诫并提醒自己，同样没有任何理由，不把盐城的这本书写好。

18

追踪“鸟人”孙华金

我相信在我的词典里，孙老师更像一只鸟。

那天闲来无事，就开始翻看朋友圈，然后，就看见了盐城文旅局的美女局长在朋友圈发的一组惊艳了我的图片。

这位见面不多的袁局长，给我印象最深刻的就是她气质出众的干练和爽朗，以及我们互加微信后，她在朋友圈不遗余力对盐城文化旅游的大力推广。那是她的敬业，也能看得出来她十足十对家乡真心的热爱。

说实话，我是从她的朋友圈里知道了好多盐城好吃好玩的地方，包括这一次，那组惊艳了我的她的朋友圈的图片。

袁局长发的是一组组图。《中国国家地理》杂志五月刊，刚用了一个封面的主题报道，报道了盐城黄渤海海潮造成的大自然奇观——滩涂“森林”。杂志封面用的就是滩涂“森林”的全幅照片，奇妙而壮美。美女局长很细心，她把内页图文也同步一页页发在朋友圈的组图里。我相信，除了方便所有她的朋友看到后能尽快阅读其中内容，也有她作为盐城人的一份无比的骄傲感。

那组图片毫无疑问地惊艳到了我。简单来说吧，你能想象得到由于大自然的潮涨潮夕，千回百转，几十年间，或者一瞬间，一棵由潮汐形成的沙树，就这样如影如幻地长在了盐城的土地上了吗？

太不可思议了！

我从酒店的沙发上一跃而起，特别兴奋而努力地把那几张图片放大，拼命阅读。我想弄清楚，是什么样的美，让盐城上了这本《中国国家地理》杂志的封面？那些，又到底是什么样的“潮汐”树？袁局长朋友圈里推介被报道的摄影师孙华金是谁？

那篇主题报道的文章题目是：盐城滩涂，在海潮中摇曳的“潮汐森林”。

我没有一丝犹豫，已经养成互联网碎片化阅读，早已不看杂志的我，第一时间下单网购了那本杂志。后来，拿到杂志的我，把那篇全文达二十页的主题文章一口气读完。

我没有办法在这里，把那篇文字和图片都美到触达人内心深处的文章都摘录下来，那就让我抄录几段最开始的引子吧。

“在河口和淤泥质海滩的潮间带上，人们会看到一种特殊的地貌和景观：由潮汐冲

刷而成的潮沟。它们像是河流、羽毛，更像是一棵棵‘潮汐树’。在江苏盐城，一位多年来持续拍摄当地滩涂的摄影师，则发现了一片格外神秘多变的‘潮汐森林’。就让我们跟着这位穿行‘林间’多年的摄影猎人，走进这片海陆间的独特天地。

“……与盐城滩涂结缘，是因为一位叫作孙华金的摄影师朋友。在江苏盐城当大学教师的他，却是一位不折不扣的摄影迷。20 年来他一直在拍摄当地滩涂，每隔一段时间就听说他又下滩去了，又拍到了难得的新照片。

“不过，最近当他向我展示几张特别的照片时，自以为已很熟悉盐城滩涂的我还是一下子被镇了，那不是常见的候鸟翩跹，天海相接，而是一片磅礴的‘森林’——数不清的‘参天大树’正在巨大的滩面上生长。它们有粗壮的树干，主干向旁伸出一条条支干，支干上还有无数枝杈，仿佛是一个个更小规模的森林。有的整齐列队，有的错杂生长，有的则有着极为倾斜、弯曲的弧度，让我想起大漠胡杨林、江南柳树林或北方的白杨林。不过，这些森林并非拔地而起，而是似剪影般水平印刻在潮滩之上。根据画面中的渔船、捕网和水的波纹，我辨认出这片‘卧倒’森林的真实身份，无数条大大小小的潮水沟，涨落潮时，海水就在这里往复奔涌……”

文字磅礴而有力量感和画面感，撼动我心。

现在再说回那天。从沙发上一跃而起的我，匆匆读完袁局长朋友圈那组图文的第一件事，就是立刻给她留言发微信，告诉美女局长，我要去找这位只拍盐城20年的摄影师孙华金。我一定要找到他。

我没有一丝一毫的怀疑，这位几十年来，一直在用镜头述说和展现家乡之美的摄影者，一定会为我打开另一面他眼睛里的盐城的美。

他世界里的盐城，是另一片天地。我强烈地预感到，他一定会用他的图片和镜头，来让我看到一个更神秘壮阔的盐城。

袁局长心领神会，第二天一大早就把孙华金老师的电话发给了我，我也没有迟疑一秒钟，立刻拨出了那个电话号码。

接到陌生来电的孙华金老师很热情，但他告诉我，他刚离开盐城，这几天都会在大丰麋鹿园附近拍鸟。“我要追拍的，是一种极为珍贵濒临绝种的鸟，叫彩鹮。前几天那边的朋友告诉我说，在麋鹿园保护区那边的湿地看到它飞来过，所以我要去等着拍它。”孙老师的声音又热情又急切。

虽然知道摄影是件会让人疯狂的事，但在一大片湿地保护区去等着拍一只鸟，这件事听得我还是有点发愣。

孙老师继续在说：“我都在那边，你有时间就随时过来找我啊，来看我拍鸟，我再带你去看书里写的条子泥的潮汐森林地。”

这是个好主意。但当天我已早安排了另

一件事，而麋鹿园保护区距离盐城市区有将近一百公里，想想已经找到孙老师的联系方式，也知道了他这几天的去向轨迹，我就放下心来，决定过两天再去找他。也许，到时候还能看到他正在追拍的那种极为稀少又好看的鸟儿的照片呢。

两天后，我开车往麋鹿园方向去找孙老师。他一开始说发他拍照的具体定位给我，后来说算了，他担心我找不到，就约好了在麋鹿园的大门口碰面。我当时猜想的是，他蹲拍的地方，一定都是很偏僻的田郊野地。

果不其然，和孙老师见面后，他就带着我去麋鹿园旁一块湿地河塘。我看见他的另一位朋友和他一样，全套迷彩服装，正架着他们俩那两套像机关枪一样的拍鸟摄影标配长枪短炮，蹲伏在草丛野地中。

孙老师很高，很瘦，但很精神。肤色就是摄影人常见的那种日晒雨淋的黑亮。我们开始聊天后我就发现，只要一说起他拍过的那些潮汐、麋鹿、丹顶鹤和各种各样的鸟，他的话语就是滔滔不绝，但说到与这些无关的话题，他是会有点迟疑和语塞的。

话题先从他正在追拍的彩鹮鸟，再到那期《中国国家地理》杂志。那天我去找他，正是孙老师和他的同伴在这里追拍彩鹮的第三天。他们就住在附近酒店，每天早上四点多起床，来到这片听说过那只珍奇鸟儿曾经飞过的湿地，然后就一直等到日落，返回酒店，第二天再来。

“就这样一动不动等一只鸟儿？！”我以一个非摄影师的惊奇问道。

“对啊！”孙老师回答，“我们都是这样拍鸟，和其他所有自然界的动物和景观的啊。它们是自由而随意的。”

“只是听说它飞来过，那要是它一直不再飞到这里来，怎么办？”我觉得有点不可思议。

孙老师温和地笑了笑：“那就一直耐心地等着。但我相信既然有人看到它来过，那就证明这块土地的环境和水土，是它喜欢并适宜它的，它应该还会回来的。”

孙老师很肯定。他说：“我拍了几十年的鸟，我知道，鸟儿是对自然环境最敏感的一种禽类，或者，也可以说大自然里最敏锐的动物就是鸟。它们为了找到一片最适合它们生活的地方，可以不吃不喝连续飞翔八天八夜，飞越八千海里路程，可以从大海的这一头，飞到地球的另一端。

“有时候这样飞行一次下来，鸟儿们的整个体重就已经减轻了一半。但是它们始终在飞，始终在寻找这个地球上最适合它们生存繁衍的净土。

“它们知道哪里是最干净最优美的地方，尤其是这种濒临灭绝的珍稀鸟类。它们能来过，它们就会再来。”

高高瘦瘦的孙老师说这番话的时候，充满了一种深情。就像那些飞来又飞过的鸟儿，

就是他熟悉已久期待已久的家人。他的深情里包含着无尽的眷恋。

看看天色有点晚了，孙老师说今天就不等彩鹮了，他要带我去看那本杂志上面写过，引来我跟他见面的条子泥。

我有点不好意思，觉得自己有点耽误了他的事情，孙老师又温和地笑了笑，安慰我：“条子泥也是我拍了二十年的地方。也是我百拍不厌、百去不厌的地方。我就是盐城人，在这里拍了二十多年家乡的风景，带你看一看盐城美丽而又唯一的自然风光，也是很重要的一件事情啊。”

说的也是。我坐上孙老师的车，我们往条子泥开去。

关于条子泥的故事我需要用下面专门的一篇文章来说，现在说说后面发生的事。几天后，我和孙老师在建湖九龙口杂技之乡又相约而行，问起他在麋鹿园一直等拍的彩鹮鸟，他很高兴，他说他在那个地方等了整整八天，最后终于等来了那只鸟儿的回来。孙老师拍到了那只彩鹮。

坚持等到最后的人，也只剩他一个人了。

我在孙老师的朋友圈里看到了他拍的彩鹮，那美丽的鸟儿在他的镜头里悠然自得地散着步，在绿草和湿地之间，在盐城的碧水蓝天间。

孙老师的朋友圈是这样写的：

“在我国一度绝迹的彩鹮靓影再现盐城湿地！！！

孙华金 · 摄

经过近八天的坚守，终于拍摄到四只彩鹮一起觅食的靓照。它们信步轻盈，低头觅食，水中嬉戏，展翅飞翔，一派悠然自得。据了解，彩鹮在中国的分布范围十分狭窄、零散、且数量稀少。《中国濒危动物红皮书——鸟类》一度宣布彩鹮在我国绝迹。”

我看着孙老师朋友圈发的那四只彩鹮鸟的照片，想起他的毅力和坚守，想起他高高瘦瘦的身子里蕴藏的爱与能量，再想起我看到过的他的那本关于家乡盐城的精美影像画册，那些鸟和鹤，湿地与麋鹿，条子泥与潮汐森林，那是要对自己生长的土地和大自然生态，有无比的钟情，以及深入骨髓的热爱，还有懂得，才能做到这样日复一日，年复一年的付出。才能看到那样的美，以及自然的倾诉，动物精灵们的密语。

我相信在我的词典里，孙老师已经不像是人类，他更像一只鸟。他在人与鸟的边界与边缘执着地游走、解读。他是人类的身体，却拥有着鸟儿一样的感知。

他是我眼里的“鸟人”。

美女局长后来也告诉我，盐城有很多这样优秀的摄影师，他们对自己的故乡专注而热爱，同时，这片奇幻又集合了大自然众多原生态风景的故乡宝地，也成就了他们作为一个热爱摄影者的先天条件。

孙老师有一句话给我很深的印象。他说，是自然赋予了盐城这片美景，而他们，只是负责用影像记录下来而已。一切，原本就在那里。

就在盐城。

你所不知道的条子泥的美

我一定要用一整篇的文章，来告诉大家条子泥的美。

如果不是看到孙华金老师在《中国国家地理》杂志上面拍的条子泥的图片，介绍的条子泥形成的奇妙景象，我都不确定我会不会去条子泥。

真的还是因为我们来的季节不对。我们的摄影小伙伴们先期先去了好多次条子泥，季节的不对，行程的匆忙，再加上去的那几次天气也都起雾了，所以他们回来告诉我："丹姐，雾蒙蒙的，估计你去了，什么也看不到。"

他们很失落，我也很失落。这份失落直到我看到《中国国家地理》杂志上刊登的盐城条子泥的潮汐"森林"。那些图片，完全无修饰，让我确定，那是上帝之手在盐城的海、河与湿地间画出的自然密码，我要尝试像这里的拍摄者

那样，用他们的目光去解读和寻觅。

孙老师带我去条子泥的那天，天色在灰晴之间。他收了候鸟的拍摄器材，提前结束了他那天的追鸟行程，陪我去条子泥。

我后来一直在想，要用什么样的心情和文字，才能准确而完美地描述出那片长长的路堤与海岸线之间的条子泥的变幻莫测，以及无限的可能性呢。

我发现我不能。

所以这个时候，文字无力表达出的极致的感动，是可以看图意会的。

我当然只有用孙老师和我们摄影团队花了无数心血拍出来的，属于盐城的条子泥的奇美图片在这里，让大家看见。

我看了《中国国家地理》杂志，也看了孙老师发给我的条子泥的秋天，和真正属于条子泥的天空之镜的所有图片。那天，我站在那片属于海与天的起始线上，望向远方，我相信，这里就是盐城生命的四季。属于这里的天空大海与土地滋养出来的风貌，无论是春天的草香，夏天的泥土，秋天的颜色，还是冬天的凛冽，那才是自然与生命最本真的色彩和力量。

是我们生存的地球的底色。

只有站在这里，站在盐城的黄海边上，站在这座经济强市无垠广袤的湿地滋生地，跟随一位几十年用镜头探索着人类与生态微妙的平衡共生点的摄影者的目光，我们才能看见被我们遗忘的，自然界种种神秘的暗示与明确。

不是每一个过客都能看到条子泥的美，也不是每一个游者都能懂得条子泥的美。但你如果不懂它的沧桑与斑驳，你就看不见它释放的灿烂与绚丽。

黄海的风一直吹，吹得眼前条子泥滩涂上的小草也一直以一种柔韧的姿势，倔强地在疾风中坚强地弯曲着。我跟孙老师站在风中，望向远方，孙老师说：“等到秋天，这里的盐蒿红了，草绿了，叶黄了，天空蓝了，海水退潮了，盐城的天空之镜，就从这片条子泥的土地上悄悄浮现出来。那就是条子泥的盛放。是灿烂到极致的美，是天空和海洋对条子泥的亲吻与抚爱。”

我听见了。

我也看到了。

我站在此刻还没有任何色彩的雾蒙蒙的条子泥的海堤路上，用耳朵听见了花开的芳香，用眼睛看到了鸟儿的鸣叫。

我也再一次望见了孙老师眼中的那份眷恋与深情。

我相信，一定是所有盐城人内心凝聚而成的那份厚爱，才保住了大自然留在条子泥的人间绝色。

并让自然，自由而任性地在这里挥洒着属于它的心情。

19

惊鸿一瞥 杂技建湖

最重要的事情我说三遍：一定要看现场，一定要看现场，一定要去看现场！

实话实说，到现在我也完全没有想到，盐城之行中，特别打动我的另一个点，会是建湖的杂技。

先发表一下我的“谬论”。

知道建湖的杂技出名，也知道它和河北沧州的吴桥、山东聊城并列为中国的三大杂技之乡。但，杂技之于现代人的时尚休闲活动节目里，似乎已经离得有点遥远，似乎也已经快被大家遗忘了。

它太古老，还有点“土味”。这种起源于新中国成立前贫苦人家为了求生存而诞生的一种社会技艺，过了很多年，在我们很多人的心里，依然还只是一种北方人俗称的“耍玩艺儿”。

哪怕中国的杂技团屡屡在国际上获奖，也哪怕很多杂技大师都已是德高望重的著名艺术家。

这个时代，新的东西太多，新的玩法也太多，我们目不暇接，我们忙不过来，所以我们没有办法，也没有时间去顾及、欣赏这样古老的一门“土味”艺术。

去建湖之前，我心里的中国杂技，真的就是停留在“为国争光”的印象里。

所以，去建湖了解杂技的行程，在我的计划里是推了又推的。

去看什么呢？杂技不就是我们在电视节目上看到过的顶碗、走钢丝，翻很多很多筋斗，这些，我们早已看腻了啊。没错，我们国家有很多古老又优秀的传统艺术，但，它们真的大多数已经远远落后于现代人的审美娱乐观，所以被遗忘。举两个和杂技也许可以属同样类别的传统艺术吧，武术和太极。我个人认为，这两样比杂技更古老的技艺能风行到今天，一是武术能很好地融入影视作品，用一个个生龙活虎的影视故事的载体，把武术这项技艺深入了人心。而太极，它更多的是普及成了人们强身健体的一项体操运动。所以，它们的生命力就能长久。

那么杂技呢？

这么些年来，它与我们生活的融合度太低，太传统，也难怪我会想不出我一定非要去看一场杂技的理由之一。

所以，当盐城那位老文旅大哥很负责任

地第N次追问我：“建湖杂技去看过没有？”我低头默了一下去过的地方，老老实实回答：“没有。”老大哥听了很着急：“那你要去看的啊，那也是我们盐城蜚声国内外的文化艺术呢。”

“好的。”被这么负责任的大哥追着落实各项游玩指标，我也只有认认真真答应，认认真真行动起来。

我把去建湖走访杂技团的计划放在了一个周末。那时候，我在盐城也待了些日子，也认识了些朋友，便开始习惯性呼朋唤友陪我一起出行。

毫无疑问地，我找的第一个人还是海燕美女。杂技团的吴团长是她帮我约的，我当然得拉上她陪同。第二个是上文写过的孙华金孙老师。跟孙老师去条子泥的时候，他就答应了我，下次还会带我去看九龙口的美景。对了，得补充一下，下篇要写的九龙口无敌美景和杂技，同在盐城建湖地界。而孙老师前几天其实也一直在九龙口蹲点拍照，他呼了我好几次的，我没忙过来。但我们约好了一定要一起去看九龙口的晚霞美景。所以，当他拍完他要的日落和霞光，凌晨刚打道回府，就又被呼朋唤友的我，给叫上同一辆奔赴建湖的车了。我跟他承诺，先去建湖杂技团，和吴团长简单聊聊杂技，然后我们就去九龙口坐船翻浪看晚霞。“重点是九龙口。”我一再声明。

又是浩浩荡荡一车五个人，我们吃完午

饭后就往建湖出发了。

出发前给吴团长打了电话，说好了就在杂技团大门口碰头。

那天天很热，午后的太阳直射，车里的空调使劲开着。所以，当我们到达吴团长发的定位点，刚一打开车门，一股热浪热烘烘地涌来，灼得我们都有点不想下车了。

吴团长正在杂技团门口等着我们呢。见面，握手，寒暄。我注意到吴团长介绍的一个重要点，这里挂的牌是“江苏省杂技团”，就是说，江苏省杂技团把属于省级命名的杂技团名称给了这里，给了建湖。按照常规理解，也就是说，建湖杂技就代表着江苏省杂技团的最高水平了。

吴团长知道我们一会儿还要赶到九龙口，就根据我的时间安排，给了我们一个极简版的走访方案。先去看看很快就要搬迁的新的杂技团大楼，再去杂技团的创作工作室简单聊聊，看看剧目录像。天气很热，又拖着一群朋友陪我，我赶快一口应承“好”。正准备走时，吴团长突然问：“这里的剧场正在惠民演出，要不要先看看？”

“好啊！”我又一口答应了。当时想的是，只要不让朋友们在明晃晃的阳光下晒着，去哪儿聊都行，看演出也行。我们几个，就这样跟着吴团长鱼贯而入正在演出的剧场。

事隔多日，当我再提起笔来写这段经历和故事，再回忆起当时，我一直都在想，我又应该用什么样的方式，来描述那个热浪滚滚的下午带给我的惊喜和震撼，还有感动呢？！

没错，这一次是关于建湖杂技的。

是在此时此刻的现场。

我想，我还是用我的方式，真实地先把整段过程讲完吧。

那天是周末，那场演出是杂技团每周末例行的一个惠民演出。所以，我们走进去的时候，借着舞台上耀眼的灯光可以看到，剧场里坐的超过一半人数的观众，看得出来大多应该是本地的居民。他们很专注地在看，也很轻松悠闲地边看边在招呼着在席位间跑

来跑去的孩子们。于他们而言，这应该是他们习以为常的周末的一个演出节目，而于我们这些新来者而言，这场“偶遇”的演出观看，却是真正颠覆了我对传统杂技艺术的一个认知。

所以，我后来告诉朋友，重新认识一项传统文化艺术的魅力需要多少时间？

答案是：10分钟。

我们就看了10分钟，就完全被震住了。这样说吧，建湖的江苏省杂技团演出的那场惠民剧名是《小桥流水人家》，在这个剧名的前面，还有一个注释是：江南诗词歌赋杂技剧。这个定义很新颖，诗词歌赋怎么和杂技联系在一起了呢？而事实上，我们只看了几分钟，就发现它真的不是传统意义上的杂技表演了。

它是用杂技这门艺术，在展现江南诗词歌赋的情景故事剧。就好像芭蕾剧，芭蕾只是一项表现的技艺，动人心魄的故事才是它的核，而音乐是它的氛围和调料。在这里，在这个定义为剧的杂技剧里，是一样的意义。

这是一个发生在江南的故事，它用诗词歌赋在讲故事，用杂技技巧艺术在表达这个故事的形体和场景。在这个故事的展现里，南方儿女的柔情似水，和传统认知里杂技艺术的极硬至柔，完美糅合。你想象不到的传统杂技的硬功夫，和江南诗词文化里的儿女情长，刚柔并济地在这里得到了一种全新的注解。诗词的软，和杂技的硬，不多不少，

不柔不刚，融合在了一起，在一部全新演绎的杂技剧里，得到了一种完美的升华。

我真的很被震惊。震惊之余，我转过头去看了看坐在我右手边的海燕和孙老师，他们俩全神贯注看的同时，也心领神会接收到了我传递过去的问号，两位地地道道的盐城人异口同声悄声告诉我，他们也是第一次看。“真的太好看了！”

真的好看。但吴团长给我们短暂时间安排的流程里，现在是要去看新的杂技团大楼，后面还要去九龙口游湖。时间很紧，在吴团长的一再催促和保证下，我们只有起身，恋恋不舍又恋恋不舍地走出剧院。其实，后面整个杂技团新大楼的参观，包括吴团长带我们在他们获奖展览厅里如数家珍的那些介绍，我都心不在焉。我都在想着那场只看了十分钟的剧，那个让我瞬间重塑了对杂技印象的《小桥流水人家》。好在我想到吴团长给我们的保证，他说这只是周末例常演出的简版剧，在创作工作室里，他会让我们看到豪华版的剧。

吴团长没想到，我们竟然那么喜欢这场偶然走进去观看的杂技剧。

我那会儿，也真心顾不上我的这份不加掩饰的震惊和喜欢，是不是会显得自己的少见多怪。但我真的从来没看到过这样的杂技剧啊。所以我们急匆匆走马观花了一下杂技团新大楼，急匆匆催着吴团长去他们的创作工作室，去看他说的豪华版的本剧演出。

那天的天气一直很热，阳光出乎意料的好，也出乎意料的晒。在杂技团新大楼院里，阳光照射下匆匆参观了一圈，吴团长就带着我们去团里的创作工作室。工作室是在一处绿树成荫安静舒适的小楼，空调，茶水，沙发，电视，一应俱全，哦，原来吴团长让我们看的，是电视上的录像。是他们全场景剧目的正式演出的高清录影。

特别能理解吴团长当时的心意，他想让我们看到完整的剧，想让我们不受任何干扰，在一个非常舒适的环境里，把同样一场场景搭建和演员表现都很完美的杂技剧看完。可是，那一次，我真的是最深刻地体会到了，为什么一定要去看现场这个说法。

我们坐在那里，一点不热了，但我的心焦灼起来了。不是说大电视上的高清录影不好，但真的，无论任何形式的表演，如果条件许可，那就一定应该千方百计去看现场。

这是那10分钟的现场观剧，和随后同步影像录影给我们巨大的差别感受。如果在现场，那种声音和气息的情感流动，表演和表现的情绪张力，灯光和灯影的明暗变幻，以及演员们给到你的，近在咫尺，触手可及的故事内核传递。哪怕动作失误，或者台词忘词，都是真实在撼动现场观看者内心的感受的。那种共情，是有温度的，绝对是隔着无论多大的电视屏幕，都无法给予的。

好吧，我承认，我就是一个无论任何时候都需要真实表达自己内心感受的人。哪怕我和吴团长是第一次相见，哪怕我特别清楚这个场所才是他费心安排的采访沟通点，但我仍然要忍不住告诉他。我是站起来说的这番话："吴团长，那边剧场的那个惠民演出是四点结束是吗？那我们现在赶过去就还能再看二十分钟，我想申请过去，接着看完。我想去看现场。"

"我真的想。"

我说得很明确。没想到的是，我的想法也正合那两位盐城本地人海燕和孙老师的心意。孙老师也站了起来，说出了我想说的另一句话："我也正想说呢，还是去看现场吧，现场更打动人。"

就这样，在我们的强烈要求下，吴团长有点吃惊，又有点开心地带着我们一群人，又转回到了正在演出最后部分的剧院。在不到一个半小时里，我们就在建湖杂技团的三个点转了个圈，又回到了原点。

演出还在进行，我们再次进去的时候，江南的柔情故事正演到结尾前的高潮部分，那首朴实而动人的民间词谣徐徐唱起在舞台中间："捻一个你，捻一个我，你中有我，我中有你……"字幕在舞台的上方以书法的形式，随着歌声一字一字影映出来。舞台的中央，一根钢管自上而下，一男一女在钢管上以杂技功夫的至硬极柔，淋漓尽致地展现着南方青年男女刻骨的相思和缠绵，以及相亲相爱不离不弃的生死恋情。我第一次惊讶地发现，真正是只有用杂技这样化骨绵掌似的技艺，才能够这么深刻地，把那种捻入骨髓的爱和恋，那种极其朴实又纯粹的情意，

表现得那么到位。表现得让坐在台下的我，有那么一瞬间，都禁不住要热泪流下来。我忍不住偷偷看了一下坐在我身边的海燕，我看见她一动不动，眼睛里闪着泪光，也只盯着台上。我相信，她也是和我一样，被感动了吧。

演出结束了，我们幸运地看到了最后二十分钟。我第一次真心地在一个杂技演出的剧院谢幕后还久久不想离去。我听见文静的孙老师有些激动地在说："真的太精彩了！"我也听见海燕美女在说："说真的，作为一个盐城人来说，我都竟然没有来看过。我只是听说过……"

海燕听说的，也正是吴团长在演出过程中断断续续告诉我的那些信息。这是他们新编的第二部杂技剧，第一部是在2012年由一位美籍华人导演改编的《猴·西游记》。那部全新的改编杂技剧，当时在美国的林肯艺术中心连演28场，场场爆满，超过了之前莎士比亚剧连续演出21场的纪录。盛况空前。

所以后来，前两年，吴团长的建湖江苏省杂技团又联手北京上海的业内著名导演和编剧，共同改编了这部以江南风情诗词歌赋为主调的、歌颂爱情的杂技音乐剧，《小桥流水人家》。

"这是我们这些年来一直在努力做的杂技的改变和顺应。"吴团长说。

“但是改编得这样好的剧，有时候却总是‘墙内开花墙外香’。”孙老师有些遗憾。

而我一直很兴奋地在想的是，哦哦，原来杂技还可以这样演啊！真的是太好看太好看了啊！不管怎么样，它被我今天看见了，发现了，我就要责无旁贷地在这里告诉所有跟着我的文字，看到我这场真实经历的朋友们我发自内心强烈的推荐：如果有机会来盐城，一定要到建湖去看一次他们的新编杂技剧，来感受一下这种古老的硬功夫艺术，表演出来的江南的温润如水和万千柔情。

你无论如何都想不到的惊喜。

而且，最重要的事情我说三遍：一定要看现场，一定要看现场，一定要去看现场！

真的只有在现场，才能面对面接收到演员们除影像和故事以外，传递给我们的温度与热度。

"牛"人吴团长

现在来说吴团长。

"520"那天，在去麋鹿园的路上，我巧遇了从上海过来的春秋航空集团的高管们，他们和盐城文旅局一直在共同发展和推广建湖九龙口的旅游项目。其中有位重庆籍的美女邓总，一年几乎有超过一半的时间都在建湖那边工作。我们就开始约九龙口之行，美女一口答应了。我想起同在建湖的杂技团，就顺口问美女认不认识吴团长，邓美女说："认识啊！""那太好了，那你就帮我约一下他，到时候一起聚好吗？"我赶紧追了一句。没想到爽快的邓美女连连摇头："那不行的，吴团长很'牛'的，没那么容易约，我可不一定能约到。"

哦，原来这样啊。

所以吴团长给我的第一印象是很"牛"。当时觉得是有点拽拽的感觉。

直到见面以后，那一个下午到晚上我们都在一起，我才发现，吴团长其实是因为不苟言笑，才会给到人很严肃的感觉。但吴团长是真的很“牛”啊！一个县级杂技团，能把江苏省杂技团的牌号落地建湖；能让建湖杂技荣获国家级非物质文化遗产，中国杂技之乡的美誉；能让团里演出的剧目走上美国林肯国家艺术中心；能大胆改革、引进人才，不断推出全新形式的剧目。在传统文化和艺术越来越式微的当今社会，简单推理，就可以知道他为此付出了多少心血和努力。更何况他还带领杂技团的孩子们，把几乎所有国内国外的杂技大奖都拿了个遍。我认为他就是有“牛”的资本。

他的杂技团演出的新编杂技剧真正打动了我们。而作为创作者，成功的作品就是他可以傲视市场的重要资本。

看完那场真心没看够的建湖杂技团的演出回来后，我想起我要的人物采访，就给吴团长打了好几个电话。我想，我得好好挖一下他的各种成长和经历吧，怎么着都会有些感人煽情的故事。我得树立一下他个人的光辉形象。我绕着弯子问了他好几遍，结果，严肃认真的吴团长每次给我的回复，都是关于杂技团的经历和荣誉，以及他的未来工作计划。好吧，我明白了，吴团长其实是个实在人，他是实干家，他的全部精力和心思，都放在了建湖杂技团的成长与发展上。

有这样的团长，才有这样的团。当然，同理，在这样的土壤上，才能孕育和培养出这样新潮动人的杂技故事。

想了想，还是在这里放上“牛”人吴团长最简单的一份简历吧。有时候，越简单，故事想象的空间就越大。也许，我要的煽情故事，大家去看一场建湖杂技团的现场演出，就都有了。

吴其凯，毕业于江苏省文化学校（现江苏省戏剧学校），进修于南京艺术学院。先后在建湖县任文化馆馆长、盐城市杂技团团长、建湖文旅局副局长、江苏省杂技团团长。

一人，一生，尽一事。

20

去九龙口“浪”一下

看日光渐落，渔舟唱晚，品一壶酒，吟一首诗，人生美好，才能尽在此中。

那天看完惊艳了我们的杂技剧《小桥流水人家》后，我们就去了九龙口，所以，这篇文章得跟在建湖的杂技后面。

但故事，还得从前面的“520”那天说起。

在盐城过的这个“520”，我是很开心的。我在这一天认识了很多新朋友，也趁机临时加入了新认识的这群朋友，正在考察盐城旅游景点的团队，跟着他们一起去群游了好几个闻名已久的盐城景点，包括唯一的，也是独一无二的中华麋鹿园。

旅游和看风景，有时候需要一个人出行，有时候，一群人共同分享和游玩，乐趣与快乐，也是满满的。

关于麋鹿园的故事，下篇再详细说。现在先说说我和春秋航空重庆邓美女一波三折的九龙口“恰饭”看夕阳晚霞之约。

因为在重庆生活过很多年，所以，“520”那天在鹤影里巧遇春秋航空的大队人马，又一起坐下来吃饭，碰巧他们团队的重庆邓美女又坐在我旁边，我当然是对重庆人加美女的她，有了天然的亲近感。我们几句重庆话一说，就没了一点陌生感，好像认识多年的好闺蜜一样了。

我们开始头碰头聊天。我开始口无遮拦聊我在盐城这段时间的一些有趣的事。我说，“美女，告诉你一件好玩的事。前两天我跟盐城的朋友去胡桃里喝酒唱歌，我们点了好多我们那个年代的歌，台上的 90 后歌手估计有的歌都没听过，蒙了，实在唱不出来，就笑嘻嘻扯着嗓子问我们：台下点歌的哥哥姐姐们，你们是前浪还是后浪啊，你们点的歌我都不会唱啊！”

巧了，那几天关于后浪的视频正好刷屏，邓美女听懂这个梗了，她也嘻嘻笑着问我：“那你怎么回他的啊？”“我一本正经啊，我就站起来告诉他，我们不是前浪，也不是后浪，我们就是浪！”我说。

我的话音刚落，全桌人都笑了，包括祖籍也是建湖的盐城人、春秋航空的王董事长。

一直没怎么笑的王董，也被我的“浪”话给逗笑了。不知道是不是被我性格中的直率和小幽默吸引了，邓美女一边乐，一边开始认真约我去九龙口一起“恰饭”。我一口答应。我们对了对时间，邓美女要去一次上海，就初定在下个周末她回来的时间了。

看见我们两个能说重庆话的美女在那里聊得欢，王董也很开心地在一旁对我补充道：“对了，你约她，她在那里熟。九龙口风景非常非常美的，你们两个美女可以一起再去九龙口‘浪’一下。”

所有的人又都再次笑了起来。

九龙口风景美，这我是知道的。要不然，以拍美为终身使命的孙老师不会一再约我，我的那两位摄影师也不会去了一次又一次，说是一定要拍到那一瞬间极美的湖荡晚霞。更何况我还听说了，已经七十多岁的王董事长前不久玩起了新时尚，亲自上抖音直播间，为自己的家乡建湖九龙口现场带货，不遗余力推广当地美食和美“色”，实景播出，成果斐然。

但我跟他们想的不太一样。我想的是，那么美的地方，我当然要呼朋唤友，多约几个朋友一起去。大家一起约聚在九条湖汇集成“龙”口的晚霞照耀地，看日光渐落，渔舟唱晚，品一壶酒，吟一首诗，人生美好，才能尽在此中。

好的场景，不能随意去，一定要等待，一定要早早地约。

所以我一早约好了我能约到的盐城的朋

友们，开始期待和邓美女去九龙口的霞光中“浪”一次的感觉。

约定的日子到了，邓美女周五如期从上海回到九龙口，没想到，下午她打来电话，特别抱歉地说临时有特别重要的事，又赶回了上海。美女没来，九龙口之行还去吗？当然要去。

我已预约很久，我已期待很久，只要我们邀约的景色在，行程就在，心情就在。

所以，故事的顺序又回到那次的建湖之行。从建湖杂技团出来后，我们一群人就又如约赶到九龙口的芦荡客栈。因为和吴团长言犹未尽，我们的一群人中，自然而然也就加上了他。

芦荡客栈，顾名思义，自然就在一片芦苇湿地中。我们去的那天是周末，客房已经全部预订满。看来美的景象和事物，总是藏不住的，总是会被更多有心人闻风而至的。我趁着有的客房客人还没到，去看了看面湖房间的全湖景房，真的，景色极美，每一幅窗外的湖水、芦苇、湖上静止或游动的小船，还有天边那渐次灿烂起来的晚霞的光和云，都美得自成一帖水墨画。是属于江南水乡的水墨丹青画。王董事长真的一点没“乱夸”

他的家乡美呢，要不是房全满了，我还真想赖在芦荡客栈住一晚，不走了。就在那里待着，在那片湖边的玻璃房子里，开着窗，把自己融化进远处即将到来的夕阳里。

那是我要的远方的诗意的栖息。

当然，九龙口之行的精彩才刚刚开始。

既然来到九湖之口，来到了三市交界，九条河流从四面八方向荡心岛蜿蜒汇集之地，我们的第一个项目当然是坐船，第二个项目，还是坐船。不坐到船上去看风景，就完全无法身临其境地领略到九龙口的绮丽和婉约。

第一次坐的是小船，或者可以说是渔舟更准确。小小的渔船是用桨来划动的，一船坐三四个人，荡舟而滑入茂密的芦苇湖中，穿桥越水，碧波荡漾。一路悠悠划过，一路看着那些叫不出细分科目的漂亮清爽的湖水芦苇，看着阳光渐弱，从船的这一头慢慢转个弯，又照射到另一头。每个人就这样，随着落日的余晖和暖意，在一片碧水黄昏中渐渐懒下来，再懒下来。

就好像做了个万丈霞光中的湖水 SPA。

一边舒服地坐着小船，一边听划桨的小哥给我们讲这片芦苇湖水的故事。小哥说这

里原来有三个村庄，退耕还湿后，村庄搬走了，就在这一路湖水路上修了三座石桥，起了三个村庄的名字，用作纪念。

我记得那三座小石桥修得很精致，也很小巧，以至于每次小哥过桥洞时，划船都是要靠顶桨而过的，反而很有意思。我忘记了那三座桥的村庄名了，但我始终记得有一幅特别温情的画面，就是当我们的小船划过第二座石桥的时候，芦苇岸边和桥上有一群白鸽腾空飞来，飞向我们渐停渐缓的两只小船的顶篷上。原来，鸽子们是依照往常的习惯觅食来了。然后，我就看见一前一后两只小船上划船的小哥就停下摇桨的手，开始拿出早已预备好的玉米粒，笑意满满地往船篷上的鸽子们喂食。

鸽子们飞起，落下，觅食而足，再飞走。摇船的小哥站在微微晃动的船头，如老友重逢般看着争食而吃的鸽子们满足而惬意地笑。而我们，看见这幅习以为常的人鸟湖桥黄昏图，只能是醉了。能做的唯一一件事，就是不管逆光还是顺光，先举着手机相机狂拍一通再说。

美呆了。

这是坐第一个项目船的感受，用两个特别简单的字来形容，就是荡漾。

好，在一处芦苇口的小路边下船后，我们全部人马换乘一艘特别漂亮的白色快艇，开始向九湖之心驶去。那个时候，太阳刚刚好落入地平线，霞光万丈，映得渐宽的湖面

和越来越野味十足的芦苇草美到令人窒息。景色看不够了，我先是坐在船头，迎风而立，看着美轮美奂的晚霞在前方越来越艳丽地绽放，然后又换到船尾，就盯着湖面那道滚滚的波浪，和两侧左右前后随浪摇曳摆动，却始终柔韧不倒的芦苇。芦草在水中奔放，浪翻滚着，前浪接着后浪，一路向前。

我突然想起和邓美女的那个约定，想起直播视频上为家乡卖力带货的七旬董事长赤子，想起那个开心的梗。我掏出手机，就着晚霞的光，对着翻转的波浪，拍了一连串的照片，发给了在上海的邓美女。

然后我发过去一句话：“美女，九龙口的黄昏真的太美了！告诉王董事长啊，我正在他的家乡‘浪’呢！”

邓美女秒回，那是一个会心的龇牙微笑。

21

麋鹿的爱情胜者为王

在这里，胜者为王，始终就是麋鹿的生命战场，而不仅仅是它的爱情游戏。

接着说5月20日那天发生的故事。

那个“520”，我运气真的很好。一时兴起的我，因为不想一个人待在酒店过这个节，就打电话给盐城的那位老文旅大哥。那天是工作日，按照他们的工作性质推测，我猜他不是在开会，就是在陪外地领导或者朋友，在游览他们盐城的某处著名景点。

我还真猜准了。前文说过，他正在陪同从上海来的春秋航空的整个高管团队重点考察丹顶鹤自然保护区和中华麋鹿园。我打电话的时候，他们刚看完丹顶鹤，准备去鹤影里民宿吃午餐，然后再去麋鹿园。

丹顶鹤我去过了，麋鹿园正好我还没去，我当然赶紧嚷嚷报名要加入他们一起去。

“那你过来鹤影里一起吃饭，一起去吧。”老大哥说。

我就像沙堆上的萝卜，轻轻松松，一拔而起。

鹤影里民宿的餐厅有个很好听的名字，叫“风景食课”，午餐就在那里吃的。那顿午餐给我留下最深刻印象的，是国内唯一以丹顶鹤命名小镇的黄尖镇陈书记说的，关于盐城两种珍稀动物，两种极端的对待爱情的态度。

那天是“520”，所以，我说完前浪后浪的梗后，陈书记说话了，戴着眼镜的陈书记不语则已，一言就惊人了。他的话是对我说的：“曾老师，你来盐城写书，一定要把有件事情讲清楚，这件事情要是讲不清楚，盐城的故事就没讲好。”

我还真好奇了：“陈书记，洗耳恭听，您说的是什么事情啊？！”

陈书记说：“你们看哈，为什么在盐城的同一片土地上，相隔这么近，丹顶鹤以对爱情的忠贞不渝，一生一世，一夫一妻，和不离不弃为信仰；而麋鹿，却是以决斗强弱定输赢，赢得最终比赛的那只雄鹿，在一年内，可以享受所有母鹿的追随，所有母鹿，都可以被纳为这只公鹿的伴侣。那么问题来了，为什么在同一块土地上，动物界对待爱情的态度会相差那么远，那么的南辕北辙，截然不同呢？”

陈书记一本正经地说，一本正经地笑。我被问住了。一桌子人想想，和我一样，发现还真是这样，真的是件解释不清楚的奇妙的事情。好在十秒钟内，我的急智反应提醒了我，我也不管牵强不牵强，得不得罪人，从另一个角度给出了我的回答。

“我觉得应该这样说哈，丹顶鹤是代表了大多数女人的爱情观，而麋鹿，代表的是大多数男同胞真实的内心世界吧。”呵呵，男女同胞们勿喷哈，情急之下，回答这样的问题，也就不用太介意逻辑和道理的正确与否了。

众人一笑过之。

带着这样的问题前奏，所以那天去麋鹿园，我是满腹疑问和略带偏见的。

还没去呢，我对麋鹿的印象是花心。虽然花心没什么不对，而且麋鹿们也是凭真本事斗来的江山和美人，但我想想丹顶鹤，想想它们对美好爱情和伴侣的忠贞不渝，以及一生相随，就觉得5A级的麋鹿们，比不上4A级的丹顶鹤了。就这一点，在我心里，鹿群就输给了鹤仙。

无论动物还是人类，无论古老还是现代，追求不变的感情，任何时候，都是坚定的深藏在我们佯装信，或者是不信的表象之下，内心深处最真实的情感。

吃过饭，一群人浩浩荡荡往麋鹿园出发了。说真的，这真是我来盐城一个多月后第一次去闻名遐迩的中华麋鹿园。有点惭愧。我给自己的解释是，在盐城众多的风景点中，唯有麋鹿园是5A级，也是唯一冠以“中华”两字的，当然，最好的景物总要留在最后，

留在一个最合适的日子去看。就像我去看丹顶鹤，都是需要有一种约定的仪式感的。

事实呢，我真的没有办法想象到，一种是在神话故事里半神仙人物姜子牙的“四不像”坐骑，会活生生出现在我的眼前。

我不知道我会不会被穿越。

我的确要做好足够的思想准备。

盐城真的是个奇妙的地方。有《镜花缘》里七百年花开不败的枯枝牡丹也就罢了，还有《封神榜》里的仙骑“四不像”麋鹿。感觉走到这里，亲耳所听，亲眼所见后，我就再也不会怀疑那些小时候看过的神话传说是传说了。我觉得就都是真的了。包括看到的有一种关于盐城的“盐”的说法来由。在这个说法里，盐城的盐为什么天下最好，是孙悟空在天庭当弼马温时，偷吃御膳厨的美食后得知，原来，玉皇大帝的这些美味菜肴这么好吃的原因，是因为御厨用的盐的原因。孙悟空一时兴起，不改猴性，却不料偷天盐时打翻了盐器，天上的盐就掉落到了盐城来，故而，盐城因此就得名了。

我愿意相信这些所有的传说，不然，我没有办法用正常的、科学的逻辑，来解释我在盐城看到的很多故事。包括今天“520”，关于仙鹤一对一的爱情忠贞，和麋鹿们一对N的动物霸道，都是自然的谜语。都在等待着我们的探索和解答。还有对照。

这是被上帝亲吻过的地方，所以上天把答案一直藏在了盐城。

地处大丰东南角的中华麋鹿园国家级自然保护区面积非常大，总保护区面积达到了78000公顷，仅核心区就有将近3000公顷，缓冲区2220公顷，实验区有73000公顷。由此可以想象，经过30多年，从39头最起

初引进的麋鹿，到现在多达五千多头的麋鹿王国，这些神奇的四不像们在这片疆土辽阔的土地上，繁殖生育得有多旺盛。更何况，这片近海的湿地保护区的土地还在源源不断地生成长大，麋鹿们的领土也在逐年增加，越来越辽阔了。

世事很奇妙。岁月流逝，斗转星移，自然的规律，到了盐城这里，不是海用时间侵蚀掉沿岸的土地，而是黄渤海在勇敢勤劳和坚强的盐城人民面前，一步步退让，一步步把更好的大地，还给了盐城。

它们是另一种意义上的归还。就像麋鹿，这种原本就存在于我们自己国家的神话动物，无论谁掠走，都只有回到属于它的土地上，才能真正兴旺和繁盛起来。

所以盐城足够大，足够大到能容放下这世上所有的过往与未来。

麋鹿园也足够大，大到我们根本就没有办法在短短的一天半天内，把这片王国走遍。所以我还是只有在这里，把我感兴趣的关于麋鹿们决斗为王，胜者为王的爱情之战的本质，用我的理解来记录在此。

关于麋鹿，除了它们前世今生的传说故事很神奇以外，最吸引人的，当然还是从每年五月份就开始的鹿王争霸赛。据麋鹿园的导游小姐告诉我们，没有任何人为的组织和诱导，就是麋鹿们自然而然形成的一场动物角斗。从五月份开始，断断续续的小组赛，复赛，到最后的夺冠决赛，鹿群们心照不宣，

按部就班。适龄而体格强壮的公鹿们摩拳擦掌，早早就在暗自较量，互不相让，并扫清障碍。直到六月下旬，最后一战，最终战胜群鹿获胜的那只麋鹿，被封冠为王。按照鹿群王国的惯例，这只麋鹿王便可以得到所有母鹿的朝圣与仰慕，并在未来一年里，拥有和所有它喜欢的母鹿们交配的权力。

活脱脱一幅古代君王帝制后宫嫔妃三千，动物界版本的真实呈现。

这不稀奇，这个是在来麋鹿园前，几乎每个人都会听说过的麋鹿的“一夫多妻”制。稀奇的是，我们走到一个历届鹿王的供养园时，一同陪我们来的那位盐城文旅大哥告诉我们，这里有一只鹿王，曾连任三届，因为太厉害，所以真心成为了鹿王中的鹿王，成

为“隔壁的老王”。

呵呵，这里的隔壁老王，是指一路看过来，最厉害的，是最后隔壁那只，虽英雄暮年，却雄风犹存，精气神儿和体格都依然可见当年英姿的鹿王王中王。是一山还比一山高的寓意。

这种情况一般很少见，毕竟获胜的公鹿，虽然获得了和所有优质母鹿的交配权，但一年忙下来，大多数获胜者第二年都耗尽了精血，战斗力和体力都会大大下降，很难再续任。能连任者，那就肯定都是鹿群中极其出类拔萃的，也可以说是真正物竞天择，生命力和雄性基因能力都非常出众的。所以，“隔壁老王”，才是真正最优秀的雄性麋鹿，它为繁衍和提升麋鹿种族的优质基因的延续，做出了重要的贡献。

说到这里，导游小姐对麋鹿故事的一番声情并茂的新讲解，也算是完美地回答了关于麋鹿为什么会一夫多妻制的问题。

1986 年，当初被八国联军掠走的麋鹿，重新被运送回我们国家，落地盐城。而在非官方报道的真实传说中，39 头被运送回来的麋鹿中，除了一头公鹿和两头母鹿，其余的，都已被运送者提前暗中结扎，这样，除了这三只麋鹿，其他麋鹿，都是没有繁殖后代能力的。麋鹿面对的，要么面临绝种，要么就面临近亲繁殖的种种后果。当然，最大的恶性后果，就是血缘的相近引发的基因弱化，而使得麋鹿这种古老动物天然的生存能力的大大降低。所以，在生存还是被毁灭的这道大自然的考题下，聪明的麋鹿们选择了最符合生命发展规律的方法，那就是物竞天择，

优胜劣汰，以实力和能力强悍的公鹿，来承担起繁衍传承后代的天职。

这样，就有了流传到现在一年一度的麋鹿争霸赛。

我个人很喜欢并且非常乐意接受这样的一个说法。麋鹿是真正聪明的，不这样做，濒临灭绝的麋鹿们，怎么可能兴旺发达到现在五千多头的庞大种群。事实是除了我们的盐城，全世界还存有麋鹿的国家，没有任何地方有我们的数量发展得多，发展得快。它们是凭自己真实的生存能力，平安度过了麋鹿种群的生命危险期。

我宁可愿意相信，麋鹿们是为了物种的延续和优化，而祭献了它们原本对爱情的忠贞。在导游小姐声情并茂的讲述里，很久很久以前的麋鹿们，也是很简单很单纯的一个爱一个的美好爱情啊。

是命运把它们的爱逼退到了墙角。

听上去有点感同身受的感觉。好吧，不是我们不相信爱情，“若为生命故，爱情自由皆可抛”，这是大自然不可更改的定律和法则。

所以，在这里，胜者为王，始终就是麋鹿的生命战场，而不仅仅是它的爱情游戏。

串说几个小细节。

导游小姐说，一头成年麋鹿一年要吃掉四十多亩的草，而且麋鹿只吃草尖最嫩绿的那部分，所以，只有像盐城这样足够大的湿地麋鹿园，才够这么多头的麋鹿们吃草生存。所以，我们经常看到的麋鹿园里，总是有一大片一大片被麋鹿们扫荡啃尽秃了的草地。所以，现在数量众多的麋鹿也开始放养。

我听了有点担心起来，那这样，岂不是破坏了生态绿化的环境了吗？我回来后就很操心地翻起资料来，然后我就知道，麋鹿最喜欢吃的一种草，叫“互花米草”，这种名字奇特的草，曾经是被认为是对湿地保护的一种外来有害植被，正好，被麋鹿吃掉，形成了保护区的生物循环链。

关于麋鹿角。麋鹿角是一种很神奇的东西，成年公鹿一年一蜕换。麋鹿角形状奇特，也是它区别其他鹿科类动物最重要的标识。而脱落下来的麋鹿角，无论什么情况下放置，它都是四平八稳的。很奇妙的平衡原理。中华麋鹿园的门口，用这些年来所有麋鹿脱落的鹿角，做了一个超大型的拱门。据说是用了将近五千只鹿角做成的，非常壮观。很多来麋鹿园的游客都喜欢在那里留影。我想，是在听说麋鹿的生存故事后，对这一物种油然而起的生命的敬仰吧。

但看上去那么好斗又强悍的麋鹿们，平常喜欢吃食的，除了草尖，还有就是胡萝卜。和小白兔们同款爱好，这是我没有想到的。所以麋鹿们没有体味，不脏不臭，当然，不然姜子牙怎么会把它们拿来当坐骑呢。

到盐城大丰去看麋鹿吧，去看神话中的神兽。去验证爱情的花心与生命传承的辩证和统一。去看无边无际永远在滋长蔓延的湿地和林间。那是它们的家园，更是我们共同的家园。

当然，要记得带上鹿们爱吃的花心大萝卜。

这个夏天的鹿王争霸赛

我没能在盐城等到万众期待的麋鹿争霸赛，没能现场看到这场爱情和生命力的决斗。我甚至都因为回到北京后疫情的反复，而未能重新在既定的日子里返回盐城。但是还好，现在是万物互联的时代，正在我打电话发信息，想让盐城在现场的朋友们多给我拍点视频照片时，盐城文旅的公众号上公布了全网融媒体将现时直播麋鹿争霸赛的消息。

太好了。

无论到不到得了现场，互联网时代，可以把所有精彩而想看的节目，自远方，熟悉而亲切地送达到我们的眼前。

去看一场决斗。

看动物们原始力量与自然法则的争斗，成为这个夏天来临时，我们在与病毒灾难肆虐做同样斗争的一项最重要的信心重拾。

人类与动物，生成于同样的自然规律，同样也能在任何生命的冰点降临时，力挽狂澜，起死回生，并战胜一切。

在这样的时刻，期待这样的一场麋鹿争霸赛，意义就完全不一样了。

我的水城 5035

我就这样把在盐城的这个悠长假期，住成了我的回家之旅。

在盐城的这两个多月里，我都是住在盐城的水城度假酒店。只要回到市区的亭湖区，我就是回水城度假酒店，回我的5035号房。我把那里当成了我在盐城的一个家。

无他。实在是水城度假酒店的各项硬件和软件条件与环境，都满足了我作为一个通俗意义上，有点矫情的城市小资姐姐的种种需求。

所以我就一直没搬过。

这样来介绍我住过的水城度假酒店吧。首先，它是一个有园林的中式风的市区酒店，靠河，而且是紧靠串场河。东门进来，首先是一片迂回开阔的草木园林，临河而向。这是我喜欢的第一点。酒店自有的长长的河岸步道，树木林立，每天夜色降临时，一眼望去，河面上有闪着灯的船摇曳经过，河对面隐匿在树木中的盐镇水街的瓦屋飞檐，在夜灯的映照下古色古香。

酒店的西门呢，隔着一条马路，就是公园道一号小区的大门。这是很有名的学区房，而且是景色优美，可以清晰看得见朝西那个方向，盐渎公园湿地湖景的学区房。小区门口两旁都是商铺，充满了生活气和书卷气的那种。我就是在这里，发现了小区的一个大门口，就可以有多达三个以上书店的。而且，我还很喜欢这里很真实的那种市井生活气氛。每天早上，各种包子铺豆浆店，小而温馨的便利超市店，鳞次栉比地开门迎客。而且迎的大都是邻里街坊熟悉的客人们，特别亲切而温暖。很多时候，我下楼去位于酒店一楼的西门处吃早餐，每每走下楼，我就身不由己反而被吸引进酒店外那样的生活气息中。我溜达着过马路，拿一杯刚磨的鲜豆浆，吃一个鲜肉大包，就这样，一口味道，简简单单，把自己就从旅居的酒店游客身份，瞬间融入本地生活状态里了。

酒店的南面，是我前文走过路过写过的，有着堪比一线楼盘奢华大门的串场河小学，金碧辉煌，还高端大气上档次。这么俗气的形容词，我这么麻利顺溜地写在这里，感觉却是特别到位，是完完全全的褒义，是能准确表达出我内心敬仰的词。

重点是酒店的北面，酒店西门出来一右

拐，越过宽敞漂亮的东进路，就是盐渎湿地公园。这是一个在城市市中心的市民公园。我其实不是一个特别喜欢逛公园的人，这也许是因为久居的北方城市缺水，而公园如果没有河流溪地，纵然花红柳绿，怎么也缺少了那样一份韵味。但来到盐城，这项习惯性的认知就被顺理成章地改变了。盐城怎么可能缺水呢，盐城是著名的百河之城啊，是鱼米之乡的“苏大强”之地啊。既然是湿地公园，当然水景也是必不可少的。所以，住在水城度假酒店的日子里，出门，过马路，到公园散步，成为我和盐城市民共同的日常休闲生活节奏了。

这样一来，大家也都能看明白为什么我会在水城度假酒店一住两个多月了吧。

四面八方皆诗意，阅尽生活在其中。

过河过桥就是水街，马路对面是公园和小区生活。目光所见的尽是人间烟火，我可没有一点旅居过客的漂泊感，真的很踏实，很实在。就是有能让人踏踏实实待下来的那种很笃定的感觉。

我就这样把在盐城的这个悠长假期，住成了我的回家之旅。住成了我真的不想离开的，久别重逢的家乡。

事实原本就是如此。

此地心安是故乡。

再后来，住开心了，偶尔和酒店经理还洁美女聊天时，就会特别真心地夸赞一下他们的酒店。温温柔柔的还洁美女听了也很开心，然后，温温柔柔的她，告诉了我一个让我觉得我的夸奖一点都不过分的小故事。

水城度假度假酒店其实并不是常规理解，榜上有名的那种大品牌酒店，但它自有清新淡雅独树一帜的中式园林风格。两年前吧，英国前首相卡梅伦应邀来盐城参加一个会议，本来给他安排的是另一个世界连锁品牌酒店，但卡梅伦拒绝了，他的团队自己在网上把盐城所有的酒店都搜了一遍，巧了，最后选定的，是水城度假酒店。

还洁说："卡梅伦可能也是喜欢我们酒店中国式的园林风格吧，其实，盐城比我们好的酒店还有很多，但我们酒店的风格真的是独特的，来住过的人都会喜欢，都说舒服。哦，对了，卡梅伦来的时候住在你隔壁的那个套房，你是5035，他住的是5036。"

"那我和英国首相英雄所见略同啊。"我乐了，说完，和还洁一起会心地笑了起来。

对于我一口气住了两个多月的水城度假酒店，我赞完了它的四面八方，也不吝啬再继续夸一下它的房间里面。毕竟我认为，一个人要在陌生的远方踏实待下来的重要因素之一，就是旅居的客房里，有归家感，还有很多让你欣喜的小风景，才能真的留住我们。

我的5035，它整面朝东的落地玻璃窗外，楼下，酒店院内的成荫绿树接向河边，串场河日日迎面流过。夜色中的河上，总有灯光明亮的游船远远近近地驶来又摇去。再越过河水的荡漾，是同样掩映在对岸绿树成荫里的盐渎古镇水街。

好了，我觉得自己有点啰唆了，啰唆到毫无疑问有广告植入的嫌疑了。但真的没有广告，我就是这样真心而不遗余力的，希望和后来来盐城的朋友一起分享我的这份小欢喜。希望每一个人，在盐城住下来的每一天里，都能找到宾至如归的感觉。

旅行路途上每一站的栖息地，都关乎于我们内心深处情感的抚慰地。

我就这样一见钟情地在水城度假酒店住着，直到有一天，有北京朋友要来盐城，问我给他推荐哪家酒店住。他们人有点多，水城那两天正好住满了，我正在犯愁，还有哪一家酒店和水城一样，又有园林，又能看到水景呢，和我在一起的海燕就说：这还不容易吗，盐城能看到水景，靠近公园的酒店有很多。"难道你不知道盐城到处都有漂亮的

市民公园吗？”海燕说。然后，她立刻给我说出了一串能满足我类似要求的酒店，说得我立刻觉得自己是那么的孤陋寡闻，和少见多怪了。

看来，我对盐城的了解还是不够。这一点，很快在我的朋友们入住欧洲风情街聚龙湖边上酒店后，我就知道了。美丽的盐城，无论景点还是酒店，的确还有很多我没有发现，没有到达的地方。那唯一的弥补，就是在我走进这扇被我推开门惊艳了的苏北城市后，未来岁月，我还会有大把时间，把最初的惊喜和惊艳，变成往后连绵不断的喜悦与日常。

我的水城 5035，只是所有欢乐的起点。

在盐渎湿地公园跑步

中间有一位在上海外企工作的朋友，专门顺道来盐城看我，在水城度假酒店过了个周末。

自从来到盐城，他就听我在电话里不停介绍推荐这座城市。他在上海工作已很多年，盐城于他而言，并不算远，他却从来没来过，也不是太了解，所以，被我说动，就驾车三个多小时过来了。

朋友是健身狂人，无论是在上海住的小区，还是出差地的酒店选择，首要条件是一定要有特别好的健身房。疫情期间，所有城市的健身房都被关闭，也真是把他给憋坏了。所以，来之前吸引他的一个重要点，竟然是因为“苏大强”们疫情管控得好，盐城这边酒店的健身房正在渐次开放了。

“我一定要来酒店的健身房跑步、健身。”他一本正经嚷嚷说。

那就来了再说吧。

不出我所料，来了他就改变初衷了。按照我的预定设想，我带他去马路对面的盐渎湿地公园只散了一小会儿步，公园里清新怡人的空气，满目湖景树景，和大片的湿地草坪，重点是，还有环绕公园一圈的暗红色标准跑步道，立刻就让他改变晚上要在酒店健身房锻炼的打算，改成“不如来这里跑步吧，空气会更好。还是真正的有氧运动”。

中招了。我相信任何一位热爱运动的人，只要来到这样天然有氧的公园大跑步道，就会放弃再回到健身房去的计划。

运动的最高境界当然是与自然和天地同步。这样，接下来的几天时间里，上海来的这位朋友跑完了门口的盐渎公园，又去跑聚龙湖公园的跑步道，然后他惊讶地发现，在盐城，几乎每个市民公园都有标准的跑步道，几乎每个公园里的跑步道到了黄昏，都有很多市民在慢跑或快走。临走前他问我，是因为盐城人爱运动，才在公园修了这么漂亮的环湖跑步道，还是因为有了城市这些随处可见的跑步道，盐城人才这么热爱跑步？！

这个问题等同于鸡生蛋还是蛋生鸡，我给不了他答案。我能给他的答案是，2020年年底，上海到盐城的高铁即将开通，届时，上海到盐城就只需要一个小时了。如果他恋上了户外跑步，又嫌上海太挤，那就坐高铁来盐城的湿地公园跑步吧。赶上上海堵车，一个小时飞驰的高速铁路，真的比从大城市的这一头，到另外一头还快。

来盐城过一个让人彻底放松自在的周末，就 so easy！

自助餐厅里的酸奶和火焰冰激凌

水城度假酒店祇园餐厅的自助餐好吃，我还是听在盐城帮我做艾灸的王老师首先告诉我的。

没错，看过我前面书的朋友一定知道，我到一个地方只要待的时间超过一周，我就一定要去找到我喜欢的艾灸师傅。所以才有了《一起去龙楼看卫星》书里的“阿雅和她的金手指”。同样，我在盐城也快速找到了可以让我每周去报到两三次的艾灸房。

和给我做艾灸的王老师熟了，就开始闲聊，聊关于盐城的吃吃喝喝。她知道我住在水城度假酒店后，就特别认真地告诉我，水城度假酒店的自助餐非常好吃，也非常有名。我问她是怎么知道的，王老师莞尔一笑：“我去吃过啊。真的好吃！所以我儿子结婚的宴席就是在那里办的。那里东西好吃，环境又好。”

完了，又是广告了。但这个广告首先是我被击中。我听完王老师的推荐后，第二天就奔去酒店二楼的自助餐厅亲身尝试了一下，然后，就被它家自制的酸奶和甜点火焰冰激凌莫名种草了。

不管到什么年龄，还是减肥计划是不是依旧在实施，对甜点美食的爱好，始终是会让我瞬间沦陷的。

23

在欧洲风情街遇见“镜花缘”

到底是先有欧街的因，才有戏的果，还是有了李汝珍的缘，所以才造就了欧洲风情街的由？

我对欧洲风情街的种种迷惑和疑问，是直到我遇见并参与了《镜花缘》现场故事剧的演出后，才算释然。

位于聚龙湖商业圈的欧洲风情街，是盐城商业建筑群落一个很独特的存在。这是我的理解哈。在我的印象里，盐城除了日新月异的新城建设外，更多的是古城，和古城复建。毕竟这里是一座有着上千年历史的盐业古城。按照电视台李导的解释，这就是一种无法抹去的情结。这个能理解。但当我看到欧洲风情街，惊艳的同时，我更多的就是惊诧了。

欧洲风情街修得很漂亮，纯欧式的那种情调风格也做得很到位。整条街沿河而造，我忘记全长是多少了，但我记得是穿过了几条市区的马路和路桥。当然，整条欧洲风情街，街面上还有很多条连接两岸的，漂亮又很欧范儿的过河小桥。但另外有两三个顺河流穿过马路桥洞下的过道，却是让我更加难忘的。其中有一个桥下过廊，桥洞两壁都有艺术涂鸦画，河水清澈的夜晚，当桥下桥面和整条街的灯光都亮起来了，我再漫步走到那排在灯光和河水的交互映衬下，充满了异域风格的涂鸦壁画前，立刻就觉得那两排在河岸和市区居民楼中间“滋生”出来的欧洲风情街，一点也不突兀，一定也是有关于它的故事的由来的。

没错，第一次去，走了一圈，给我的感觉是，沿河而造的欧洲风情街，似乎是硬生生从两岸居民楼边上“挤”出来的。那些居民楼，应该是本来就在，而完全欧式风格建筑的沿河商业街，我想不出来它是一个什么样的缘由和契机，要在这里修出一条和周边风格迥异的商业休闲步道。

那是我起初的一点点惊诧。

我是不是有点想多了？但我真的就是很喜欢这条街。总之，在看了很多盐城的古城故事后，忽然来到另一种风格的故事建筑群

里，是能给人耳目一新的新鲜感的。

所以有段时间，我总是喜欢约朋友去欧街。去那里的河岸散步，从这头走到那头，一次次经过桥底下的壁画；从此岸到彼岸，抚摸一下小桥栏杆上面越来越多的同心锁；也会顺道停下来，看看街边节目丰富的各种周末小演出；至于满街小店里琳琅丰富的风味小吃，那更是我这样的“吃货”的最爱了。那些我最爱的臭豆腐、老酸奶、酸辣粉、和串串香，真的是应有尽有。一路走下来，一路看下来，再一路小美食吃下来，每一个黄昏，或者周末，美好生活的另一项幸福指数，就这么莫名地直线升高了。

给欧街增高幸福指数的，还有与它相融入商业中的居民生活气息。前面说过，这条河道两岸纯欧式的商业建筑，是和居民楼紧邻的，紧邻到什么地步呢？就是好多居民楼的小区门，就是直接对着欧街开着的，楼层矮的居民楼，窗外伸手就是欧街满目的花，楼层高的，就不用说了，倚在窗边，欧街风景就尽收眼中了。小区居民更是会在忙完一天的工作和家务琐事，带着孩子，陪着老人，一身家居装，出了小区门，就从小区花园自如地溜达到了欧街，和市民游人混成一片。

所以，在欧街的那种本土生活原味是非常浓的。对于那里的小区居民来说，两岸欧街风情，是他们多出来的一排花园。而对于过来玩的游客市民，河边多坐一会儿，看见撒着欢追着欧街街角一直在源源不断喷放五彩缤纷肥皂泡的孩童们，再看见悠闲自在的散步老人，就会觉得，这也是我家旁边的小区花园啊。

所以，多去几次后，突然发现，原来这样的建筑定义，在这里呈现得也不违和啊。两岸居民和欧街游人，欧风商业与小区日常，就这么完美无瑕地无缝衔接，相融相存了。

那种愉快的认可，是眼前的生活场景就这么直白给予的。

这是我看到的欧街的奇妙之处。

这么一想，起初的那一点不明白的惊诧，和我未能找到故事源头的职业性思维习惯，就不重要了。

喜欢就好，相容就好。这样能真实存在的欢乐，原本就是我们需要的朴素的幸福感。

我以为故事就是这样的了。直到我再次很奇巧地坐船游到了这里，错中有缘地观看并参与了正在这里演出的那场《镜花缘》现场剧。哦，请允许我用我理解的方式和名词，来表述现在最流行的这种情景交融剧，又称为沉浸式的戏剧演出吧。

之前，我真的错过了很多次要来欧风花街看这场《镜花缘》的机会。

这是一出号称“水上，一段奇幻的漂流；花街，一场流动的盛宴”的新式戏剧演出。《镜花缘》这部奇幻小说我们多多少少都知道，而李汝珍这位出生在北方的清代文人，虽然

常年生活在苏北的连云港、盐城一带，但从未去过西域的他，能写出那样一部充满了现实主义与虚幻想象的《镜花缘》，还能把枯枝牡丹的故事，实境按照他自己的意思来神化并异化，也是一件奇事。

所以，最开始听说欧街有这样的一出戏剧，我第一反应就是恍然大悟：对了，《镜花缘》就是为欧街写的啊，哦不对，应该说欧洲风情街的出处，就是来源于《镜花缘》。

我为什么没有想到呢？！

所以，我一直都特别想去看这场人景互动的沉浸式戏剧《镜花缘》。看欧街如何演绎故事中的主人公们，乘船在海外游历想象中的列国，更想看看欧街是怎么在现实的场景中，把那个奇幻的想象装进来的。但我的时间没安排好，每次都完美错过了完整的演出档口。

临近回程，我几乎都想要放弃了，运气就来了。

那天其实计划的是坐船游串场河，从水上看盐城夜景。游船的起点在水街码头，离我住的水城度假酒店很近。我也是去了才知道，原来夜夜从我的5035窗前荡漾而去，又荡漾回来的游船的起始处，就在我的旁边。

那条串场河的游船线路，本来也是可以走个来回，原路去，再原路回。但我们那天有点随性，船游到欧街附近时，看到那边的灯火阑珊，我们的船就“情不自禁”顺河驶入了灯光更灿烂的欧街站，在有大风车的欧

街水码头这头上了岸。运气真的好，风车码头正好停了几条要过去另一头接演员和观众的演出小船，那会儿正是空船，摇橹牵桨的几位帅哥，看见我们欲言又止的样子，立刻领会了我们的想法，就干干脆脆一口答应，把我们顺“船”送到另一头的演出出发地，也就是欧街的主入口，靠近聚龙湖的欧街大广场。

运气好到我们几个开始自夸起自己的人品了。

巧极了，正在演出。而且我们顺“船”过去后，正好可以赶上第二场演出的开始，我们也正好可以再全程参与观看演出。所以说，赶早不如赶巧，计划不如偶遇啊。

顺河而“流”。

这真的是我来过欧街这么多次后，第一次在水上游欧街。

特别梦幻，特别美。

因为是演出季，所以每座桥身，两岸的灯光，河面上悬浮搭建的小场景，都设计布置得美轮美奂。特别是从一座全桥洞都垂帘着星星点灯般的珠帘穿过时，我们船上的每个人，都发出了孩子般欢乐的叫声。而那些停留在河上的故事场景，穿着戏服候场的演员，和岸边上看热闹演出的游人，都在微笑而惊奇地望着我们逆向漂流。那份候场的静寂，逆向的漂流，反而给我们错入主场的这样一次演出返场，带来另外的味道。

空白和错误，有时候会让故事更精彩。

一路上，君子国、长人国、小人国、黑齿国、歧舌国、女儿国……美人鱼、凤凰岭、呕丝之野、精卫当康……

《镜花缘》场景正以候场的姿态，一幕幕静静地在我们眼前掠过。

没有讲解，所以期待反而充满了想象。

虽然后来，我们又实景参与了第二场的演出，听到了完整的故事表述，但没有演员随船的这次返送，无意中独自成为故事主角的我们，却给我留下了更深刻的印象。

就像那句话怎么说来着：你在桥上看风景，看风景的人会在楼上看你。无数次在欧街的街上走过，看着水中的景色，我没有想到，有一天，我也会错入主场，成为被岸上人看着的那道风景。

就像《镜花缘》，到底是先有欧街的因，才有戏的果，还是有了李汝珍的缘，所以才造就了欧洲风情街的由？

我也不知道。我也不用知道。

世事，总是不可理喻的奇妙。

遇见就“及时行乐”吧

花团锦簇的游船节目结束后，夜色更好，城市正嗨，众人玩兴犹然未尽，摄影小哥就提议去酒吧喝酒。

“有适合我们‘前浪’去的酒吧吗？”我嘻嘻笑着问。

“当然有。”摄影小哥很神秘地一笑，“就在这附近，跟我走吧，带你们‘前浪’哥哥姐姐们，到一个非常好的地方去喝酒去。”

就这样，我们从欧洲风情街主入口广场出来，走到马路对面，然后又绕着聚龙湖公园的跑步道走了大半个圈，再走过马路，坐电梯，转电梯，再走楼梯，最后就上到了一个就叫“遇见”的楼顶平台酒吧。

酒吧的吧台其实是在下面的房间里，但几乎没有人会待在楼下的房间喝酒，只因为，楼上的平台真的太太太美了！这就是一个看得见城市最美夜景的天台。夜风吹来，一眼望去，不远处的欧街广场，聚龙湖夜景，马路对面高耸闪耀的大楼，都尽览无遗，美极了。心旷神怡，凭栏临风，万丈情怀的那种美。

那种远视城市的美，灯火点亮万家的情，真的给人打开了心扉的感觉。

所以，就连驻唱歌手，也是从楼下拉了话筒，在天台上慢慢悠悠，轻松自如地唱唱停停。

这样的美景，当然要喝一杯，要呼朋唤友地来共享和分享。

我二话不说，开始打电话给前一天刚从北京过来的那位盐城朋友，他已经在上一场同学聚会中喝晕了，喝晕了也要来啊，此时不来更待何时？“遇见”酒吧门口明晃晃就闪烁着另四个字呢：及时行乐。

遇见就“及时行乐”吧。

遇见美酒就“及时行乐”。遇见好友就“及时行乐”。遇见美好更要“及时行乐”。

人生，就是活在每一个当下的遇见里。

朋友来了，朋友又叫上他的朋友的朋友都来了。我们的桌子从一张，并到两张，到三张。啤酒洋酒和红酒排排上，就这样，对着天空和亲爱的城市，对酒当歌，放纵自己，抛却烦恼，喝个痛快。

那天晚上的快乐直到凌晨两点。作为外来者的我们，最得意的是，竟然被我们呼唤来的盐城的朋友，没有一个人知道这个地方。这样隐秘着美丽风景的天台酒吧，能看见如此旖旎夜色的城市高点，是被我们的摄影小哥们寻见，并推荐给了盐城的朋友们。

备受赞美的摄影小哥，因此被众人敬酒喝了个烂醉。终于，他们每天的登高爬远，没有白费。看见城市，看懂城市，并把城市最优美的点，用我们的方式，大众的审美，重新定义并推广，是我们的职责和使命。

所以我一点都没有纠结，决定要把这个能看得见盐城城市心跳最强劲的“遇见”写出来。我毫不怀疑，这样的“遇见”，在盐城很多地方都会有，都静静地隐藏着，在等待着每一位远道而来的有缘人。

在这里，遇见不是久别重逢，遇见就是此时此刻。

串场河的串场词

直到离开盐城，我都没能再去把串场河的游船秀节目全程游完，所以，我找来了关于串场河的解说词，放在这里，也算一次总结。希望下次再去盐城的时候，能认认真真把盐城人民心中的这条母亲河，好好游一次。

因盐而起的河流：

串场河是里下河腹部与垦区之间南北向航运、调水骨干人工河道。古时又称“官河”“串场河运盐河”“大盐河”。串场河南起海安与通扬运河相接，北至阜宁县城与射阳河相通，全长180公里。盐城市境内有168公里。途经富安、安丰、梁垛、东台、丁溪、草堰、白驹、刘庄、便仓、伍佑、新兴、上冈、草埝口、沟墩、庙湾（今阜宁县城）等15个古盐场。串场河即因串通各盐场而得名。

追溯历史，秦末汉初，先民们便懂

得“煮盐兴利、穿渠通运”，将盐变为商品，并开河道运盐。唐宋时期，两淮盐业持续稳定发展，“天下之赋，以东南盐利为最”。有“两淮盐税甲天下”之说，仅淮南盐场，煮盐即达45万石。元明时期，淮盐年产量高达38万石。“甲东南之富，边饷半出于兹”。把大批的烧盐运往外地，短途肩挑车拉，长途运输的最好方式，就是船运了。

宋天圣（1023-1032）年间，时任西溪盐仓监官的范仲淹，为抵御海潮侵袭和适应盐场运输，在唐李承主修的“常丰堰”基础上，兴工修筑“捍海堰”。取土河道连接起来遂成运盐航道，即后人所称之“串场河”。其时仅断续可航，后来历经南宋、元朝、明朝、清朝，都曾对捍海堰进行不断加固南延，串场河也因之得到更好拓浚和完善。直至后来，从富安向北至庙湾的15个盐场得以全线贯通，各盐场的商品由串场河便利运出，向北经射阳河入京杭运河可达京城，向南可经泰州入长江运往全国各地。

造福百姓的河流：

新中国成立之后，串场河承担了新的历史任务，集通航、引水、排涝功能于一身。为航运需要，串场河多次疏浚裁弯。

据盐城市水利局的相关介绍，在2002年通榆河正式投入使用前，串场河一直是盐城水上运输的动脉和纽带。盐城市出口的粮食、棉花、食盐及农副产品等大宗物资，有将近一半是经串场河运出，年货运量近1000万吨。通榆河投入使用后，串场河的部分功能为通榆河所代替。

对于生活在串场河畔的居民而言，在通自来水前，串场河一直是他们生活饮用水的来源。但随着时代的变迁及生活水平的提高，人们逐渐不再用从串场河取水。在经过多次城市改造后，串场河的流向和面貌也有了新的变化。

承载文化的河流：

串场河不仅仅养育了盐城人民，也留下了丰富的盐文化与水文化。在串场河沿线与盐文化水文化相关的古迹就有数十处之多。我们列举几处较为著名的。

丁溪三盐官与宋朝三宰相。北宋真宗、仁宗时代的三位著名宰相晏殊、吕夷简、范仲淹都先后出任东台西溪盐官，传为千古佳话。范公五言诗《至西溪感赋》曰：“谁道西溪小？西溪出大才。参知两丞相，曾向此间来。”晏殊的名句“无可奈何花落去，似曾相识燕归来”亦作于西溪。故西溪又称为“晏溪”。

冯道立故居。冯道立（1782–1860），清代水利学家，东台时堰人。著有《淮扬治水论》《淮扬治水图论》《测海蠡言》《勘海日记》《攻沙八法》《七府水利全图》等水利专著40余部，并亲至长江、淮河、废黄河、白马湖、高宝湖、洪泽湖及广大海滨地区实地勘察，冯道立以水利知识渊博，以及在治水中的远见魄力被载入史册。百姓赞扬他有“大禹之风”。冯道立故居为江苏省文物保护单位。

草堰古镇。距今已有1800年的历史，串场河沿线15个古盐场之一，境内产盐曾达两淮盐产量的22%，为省级古盐运集散地保护区。至今依然保持“水陆并行、河街相邻”的古镇风貌。镇上有古迹15处，有古老的水利设施、古建筑、古碑廊、盐民起义领袖吴王张士诚墓、唐武则天题写寺名的古义阡禅寺、《镜花缘》作者李汝珍用于研墨的古井等。

白驹施耐庵纪念馆。《水浒传》作者施耐庵参加过张士诚起义军，后隐居于串场河边白驹场的少宝寺，专门从事《水浒传》的小说创作，并和罗贯中一起撰写《三国演义》，纪念馆中有《水浒传》版本100多种，还有国家二级文物《施氏家谱》。

便仓枯枝牡丹。串场河畔便仓古镇，已有700年历史的枯枝牡丹，以其奇、特、怪、灵著称于世。奇在枝枯花艳，特在唯便仓牡丹园才能正常开花，怪在花瓣随历法增减，灵在能感应时势顺兴而开。（此处可回看牡丹前文。）

盐城十景。串场河穿城而过的盐城市区，素有“瓢城十景”著称于世：铁柱潮声、范堤烟雨、瓜井仙踪、龙祠胜概、石桥春涨、登瀛晚眺、杨楼翠霭、平湖秋月、龙港观海、盐岭积雪。每一景都有一个美丽的传说，都寓意着千年盐城的沧桑变化。

24

盐城的新四军记忆

这是盐城真正的灵魂，不能缺失，无法缺失。

很奇妙，我把离开盐城的最后一站，留给了新四军纪念馆。

位于盐城市建军东路的新四军纪念馆主馆区是新修的，面积很大，也是新四军纪念馆三部分的核心部分。而在号称“陕北有延安，苏北有盐城”的革命圣地，如果不走完这一站，那我的这段旅程就是缺少灵魂，是不完整的。作为当年新四军抗日的总部和主战场，建军东路的纪念馆，责无旁贷担负起承载并留存那个时代完整历史记忆的重任。在基本走完这座美丽的苏北城市的尾声，我想，此刻再去这个革命的圣地，也许我才能够更深刻地去体会，从曾经的战火中洗礼和崛起的盐城。

去读懂它骨子里的坚强，和新四军精神赋予这座千年古城崭新的蝶变。

起初是去过建军西路的泰山庙新四军重建旧址的。大铜马和古老的庙宇比邻而望，初初一见，那份扑面而来的厚重与沉着感，在繁华的老城区街道上，就是一种和土地息息相关与生俱来的守护。

盐城的新四军纪念馆分三部分：建军东路完整的主馆参观区、建军西路的泰山庙新四军旧部和铜马广场。一条建军路，无论东西，离我住的酒店都很近。但我知道，去走

访这段历史，是一件很郑重的事情，所以，我把最重要的告别和纪念，郑重留给了今日和平的开创者。

那个早晨，风和日丽，微风和煦，阳光温暖。周二。

我用了一整个上午的时间，在开放的纪念馆里，穿行在过往的岁月中，认真走完了我们永远值得敬仰的历史和英雄。那些难得而真实的老物件，形神兼备的重要历史节点讲述，战争场景的科技影像重现，现代与以往，昨日和此刻，历历在目，生动如画。

恢宏浩瀚的革命者的历史，我再怎么在这里写，都不如去亲临其境，所以我就抛砖

引玉，惜墨如金吧。但其中有三个小场景，是从很微小的点，感动并打动了我的，我愿意很认真地写在这里。

其一，主馆区的新四军纪念馆大门入口处，刻的馆名是“N4A”。虽然知道这是新四军的英文缩写，但一座革命纪念馆用了这样一个简称做馆名，还是让我有些诧异。所以我就现场请教馆内正在看书的那位短发的工作人员了。她给了我一个很美好的答复：那是因为当年的新四军为了战争，需要隐蔽部队的番号，也是因为那时候参加新四军队伍中的很多革命者，都是留洋回来的学生，都很洋派很新潮。

真的是一个特别美好的解答。

而让我觉得更美好的是，我偷偷瞄了一眼，那位给我答案的短头发的工作人员正在看的，是一本厚厚的、泛黄的现代历史书。学而时习之。我毫不犹豫选择相信她给我的这个美好答案。

其二，进去之前，和我同去的朋友在门口临时接了一个很重要的工作电话，说好的一起同行，我就安安静静站在门口等他。等待的时间里，我看见门口的保安大叔一直在用手里干净的抹布，仔细擦拭着他看到的纪念馆大门上的些微灰尘与污垢。他擦得非常认真，他对那些门面的爱护与照顾，就像在家里轻轻呵护他最珍贵的宝物一样。

他的认真与仔细，还没进馆，就打动到我了。

其三，也许是疫情期间，也许我去得太

早吧，来纪念馆的人并不多。但是我看到有一对年轻夫妇牵着一个两岁多小男孩的手，在这样一个并不算特别的日子里，也来纪念馆了。小男孩戴着小口罩，全程全神贯注，一直在很认真地听年轻的爸爸妈妈，给他讲述那些他完全陌生的年代里的往事。

那个小男孩，在他稚嫩的生命起点，这一天，是最重要的一课。

这是所有享受到今日和平与繁荣的人，共同重要的一堂课。

没有这一课，就没有盐城。

我个人认为，如果说串场河是盐城流动的血脉，从古到今，源源不断，永不枯竭地给了这座城市永动的活力，那新四军纪念馆和中国海盐博物馆，就是这座千年古城的心脏和大脑，永远在为它指引方向，永远为它强劲地跳动。

这是盐城真正的灵魂，不能缺失，无法缺失。

个人再次认为，如果去到盐城，走完所有的如画风景，诗意盎然后，一定要去到这三处地方，再重新认识你看到过的盐城，那么，你所有的风花雪月，迷惑疑问，都能在这里寻找到最扎实的生成根基。

所有答案尽在其中。

所谓旅行，风景始终都在，不同的，是旅行者自己看到风景里的别样故事，和回转身去，得到人生的另一种成长。

所以，我特别愿意在这里分享给大家的，是盐城新四军纪念馆最后留给我的，这几个温暖之极的小片段。它们像正午的阳光，像第一天陪伴我初来乍到盐城的那抹温暖夕阳，一路追随，一直在照耀我回去家乡的路。

它们让我看见最好的盐城。

编外篇

家乡的年夜饭和八大碗

每个人都有故乡，我的故乡坐落在南方黄海之滨——江苏省盐城市的一个小村子里。每逢春节，爸爸都会带领我和妈妈，离开我们工作学习和生活的北京，一起回家探亲，看望爷爷奶奶和亲戚们。回去饱览故乡的优美风景，领略故乡的风土人情。

春节的前几天，我和爸爸妈妈乘飞机来到盐城，一下飞机，就能感受到与北京截然不同让人轻松起来的气氛。那是迎面而来温润又清新的夹杂着海洋的空气，让人瞬间神清气爽。

汽车在回故乡的大路上奔驰了一个多小时，我们欣赏着沿途的美丽风景：宽阔的柏油马路平坦锃亮，熠熠生辉；道旁一行行树，距离相等，排列整齐，虽然不见枝繁叶茂的华丽身影，但棵棵高大挺拔，严肃庄重，不厌其烦地向回故乡过年的八方游子致注目礼；道路下边的河流，河宽水大，流水潺潺，鱼欢虾跃，成群的野鸟时而聚集岸旁，时而沿岸追逐嬉戏，时而展翅翱翔，时而驻足觅食饱腹，时而引颈欢歌；特别吸引我眼球的是家乡麻鸭养殖场，您看，上万只麻鸭把河面都覆盖了，“灰掌”拨清波，我们一会儿就把那无数的拉了几里长的鸭群甩到身后，待我回头看时已经消失不见了。

“嘟——嘟——嘟——”，当我还陶醉在故乡美景中，汽车已经入村了。一幢幢别墅和白墙琉璃瓦屋面的农家小院分别规划，装潢气派，富丽堂皇，构成了一幅社会主义新农村的优美画卷。不过爸爸常常讲起的他儿时的“丁头府”“横堂屋”等茅草屋已经无法再见了。

“嘎”，车在一座红瓦白墙的小别墅前减速了，爷爷家到了。到了屋门前，悬挂在走廊里大门两边的大红灯笼十分耀眼，贴好的对联鲜明夺目。在我的故乡，“福”字很特别，在红色的纸上写上金黄的“福”字，底部是飘动的流苏，别添几分韵味。我爷爷特别喜欢把“福”字倒着贴，寓意“福到”了。是啊，社会主义新农村给家家户户带来的美好生活，不就是“福到了”的最好表现吗？

在家乡的那些天，我、爸爸妈妈和爷爷奶奶总是亲密无间，一有空就聊起这一年来我们自己的成长、发生的小事。聊完工作学习的小事后，再聊聊国家大事、社会趣事。那样的氛围和情景，家人欢聚，就连空气中都始终洋溢着欢乐与美好。

每天清晨，村里的鸟儿总会叫我起床，它们的叫声婉转、清脆、甜美，不像城里的鸟叽叽喳喳。这可能也是“爱屋及乌”吧！

爸爸几乎每天都带我到奶奶家门前的河边散步。南方冬天的河水并没有结冰，只是满河长起了密密匝匝的芦苇，无论往左往右都一眼看不到尽头。一阵微风吹过，芦苇摇曳，相互撞击，发出沙沙的响声，像美妙的音符在跳跃，也像歌唱家在低声吟唱；不一会儿风渐渐刮大，芦苇立马奏起了交响乐，再大点的风刮来，交响乐又变奏成摇滚。风停了，我抬头远眺，远处大片大片的小麦随着气温升高渐渐苏醒，穿着绿色的新衣，顶着寒风，却散发着翠绿的光辉。田边的小河里，芦苇间隙时而能看到几条活蹦乱跳的小鱼、小虾，真不愧“鱼米之乡”的称号啊！

大年三十的傍晚，全家人围在桌旁有说有笑，吃着香喷喷的年夜饭。每年的年夜饭，爷爷奶奶都会准备得非常丰富，会把盐城最有名的“八大碗”菜肴一个不差的都备齐。有时候爸爸妈妈担心老人辛苦，会劝爷爷奶奶少做点儿，但爷爷总是坚持说：“那不行，再辛苦都要做。这是回家的年夜饭，一年只有一次，当然要做，当然要吃。只有吃了回

家的八大碗，来年才能平平安安，健健康康。所以，一个人都不能缺，一碗菜也不能少。”然后爸爸也告诉我，在我们的家乡，八大碗也就是另一种意义上的团圆饭，是他从小吃到大的故乡的味道。爸爸说，要是爷爷奶奶真的不做八大碗了，他就会觉得没有回到过家，感觉就缺了一道重要的味道。

除了八大碗，奶奶更有几道拿手好菜。首先就是松花蛋，再者便是猪皮汤，还有像大白胖子的包子。松花蛋先不说了，奶奶做的猪皮汤是我最爱喝的。一大碗汤端上桌，汤里虽没有肉，却飘出阵阵令人垂涎欲滴的肉香味。照奶奶的话说，因为这汤是要熬制好几个小时的骨头汤，而这肉香多半来源于淮扬菜的一大特色“猪皮”，可不要小看它，猪皮可有美容养颜的功效的。再加上奶奶菜地里的小青菜和夏季雨天从家乡树木上自摘的野生木耳，简直就是人间美味。一勺有嚼劲的猪皮汤，喷香可口，让人在唇齿间回味，不由得大快朵颐。

还有每天早上都能吃到的胖胖的大包子。一锅包子不多不少，个个挺着圆鼓鼓的大肚子从“桑拿房”出来，闪亮登场，在餐桌灯光的照耀下，发出色香味的诱人召唤，似乎正在叫我一口吞了它呢。我一口咬下去，微微发甜的面皮和白菜萝卜馅儿混合起来的新口味，让人忍不住想再吃一个。

可是，奶奶亲手包的这样香甜的包子、好喝的猪皮汤，还有南方家乡最好吃的八大

碗，总是要等到春节回家乡的时候，才能一饱口福呢。

在接下来的几天里，我和爸爸妈妈、爷爷奶奶一起走亲访友，欢声笑语只增不减。大家说说笑笑，家长里短，谈天说地，热闹非凡。在亲人和家人面前，什么都可以说，也可以什么都不说，就这么放松地待着，那种属于亲人间的温暖，自自然然，缓缓流动着。我看见平时工作都特别忙碌的爸爸妈妈，也只有在回到家乡，回到这里，才是彻底放下了大城市里的那种紧张。虽然，没有北方暖气的盐城家乡的屋子里，气温还比较寒冷，但天冷人暖，浓浓乡情犹如拂面春风，让人备感温暖，舒适如春。

我爱我的故乡，每当我想起爷爷奶奶和他们做的好吃的饭菜时，那些回到家乡才有的味道，总会像一种挥之不去的思念，一直牵挂着我的心。我会时常在遥远的北京，踮起脚尖，眺望南方的故乡。

任博雅

北京市海淀区实验小学四年级

纪念我离别的故乡

我是苏北人，家乡江苏盐城。

一条长江相隔，江苏分江南江北。

江南山温水软、绮丽秀美，自古金粉繁华；

江北河网纵横、农业为本，从来民风淳朴。

江南是长江文化之精华，细腻婉转，风流多姿；

江北是黄河文明的辐射，厚重静默，大风悲歌。

吴文化、金陵文化、淮扬文化、黄河文化，四种文化汇聚一省；

南北文化碰撞、影响、吸取、交融，在全国都是罕见的文化现象。

盐城位于江苏中北部，东临黄海。交通上不占优势。

在江苏省，盐城面积最大、人口较多、农业大市、工业后进。

民众多精于稼穑，不语商业。

地域文化属于南北之分界。

盐城九区县：亭湖、东台、大丰、盐都、建湖、射阳、阜宁、滨海、响水。

南五县接应淮扬文化，属于吴文化的辐射范围，方言隶属江淮官话，与扬州话、泰州话血脉相连。

北四县靠近黄河文明，口音突变，一派北方雄风，属于淮海方言，与连云港、宿迁等地风俗类似。

作为最年轻的土地，盐城有得天独厚的自然优势——每年以2万亩的速度向黄海延伸滩涂。

得黄海佑护，盐城是江苏省空气质量唯一优良的城市。

整个苏北没有丘陵高山，都是平原水乡。

盐城处于南北之间，黄海之滨，土壤也是多样。

西乡多水，鱼米之乡；

东海沙土，旱地农业；

南部肥沃，繁华富足；

北方碱地，苦咸歉收。

盐城古称盐渎，河流串联各处盐场，有河名曰串场河。

盐城别名瓢城，水患严重，有祝祷平安的祈愿。

盐城也称盐阜地区，“盐”是煮海为盐的历史，“阜”指有土无石的地貌。

历史上，盐城多产盐，唐代之前，黄海之滨的淮盐也算名满天下。后来滩涂增长，盐的产量下降，盐城的盐，也就不为人所知了。

一个农业大市，因为国家的“剪刀差”政策，这里“只温饱，难富裕”。

有过这样一个故事，一个盐城人去上海买票回家，到了火车站看了半天，自言自语，怎么没有盐城的车？招致一顿痛笑。

盐城等苏北城市，一直是没有火车的。

直至近些年，盐城扬州等地才结束了“地无寸铁”的历史。而苏州无锡等江南城市，早就交通发达、如火如荼。

在一个省内，差别如此之大，不能不说是地方上根深蒂固的轻视。江苏的文化经济政治中心一直在江南，江北城市经济难比江南，受到冷遇，是“理所当然”的事情。

盐城作为苏北五市的排头兵，工业自强不息，积极突围。

早期“燕舞”收录机、“江淮动力”，后来的“森达”皮鞋、“悦达起亚”、“黛安芬”也算有点影响。

盐城沿海空间大、岸线长、滩涂多、风能光能资源丰富，是国家新能源产业基地。

1983年才正式建市的地区，盐城城市化进程后来居上。

早期“一条街一座楼，一个公园两只猴，两个警察路两头”，盐城是个小城市。

近十年间，城市发展速度惊人，面貌一新，楼盘林立、道路严整、规划靓丽。

从旅游的角度来看，盐城没什么景点，有丹顶鹤和麋鹿两个动物保护区。

值得夸耀的，就是最佳的空气和蔬菜，最原生态的土地和淳厚的民风。

从我上学开始就知道，我属于部分“南方人”眼中穷酸的“江北佬”。

一个苏北学生。他的使命似乎就是苦读。

苦读自然多才子，寒门自古多俊杰。

盐城自然不少爱读书的学生。这些不需要多说。

整个江浙地区文风昌盛，天下文枢。

苏北的学生能吃苦，是江苏省公认的现象。

吃苦，是苏北学生与生俱来的基因——

因为没有其他什么退路可走。

务农，意味了永远捆绑在肥沃的土地上，贫穷地过一辈子。

经商，整个地区没有传统和交通的便利，无经验与资本的条件。

工业，难以满足大批的就业，与江南发达工业相距甚远。

那么能做的，能改变的，就是发奋读书，改变自己的命运。

苦读、努力、求学、离家、离乡、远走、高飞。

追求更好的生活，是人之常情和理所当然——爱不是捆绑，困守也不是情深。

真的离开家乡之后，当我们在异乡落地生根之后，才忽然发现：曾经我们的故乡，是如此深情而厚重，是如此深爱而不舍。

历史上，盐城人全来自外地移民。

最大的一次移民，是朱元璋处罚苏州人拥戴张士诚，“洪武赶散”大批苏州人来盐城等地开荒迁徙。

所以大多数盐城人的家谱里，都写着“苏州阊门”“苏州盘门”等遥远的符号。

我带团经常去这些地方，还去七里山塘的朝宗阁看看记载的那段历史。遥想当年先祖的迁徙，真的是江南江北，山高水长，一路艰辛……

新中国成立后也有过一次移民，我妈妈一家从上海“自愿”到盐城落户。印象里，外婆一直保留着上海的户口本，一个大大黄色页面的户口本，上面有全家人的姓名，她不时拿出来看看，希望有一天真的能回去。只是，连我都知道，她不可能回上海。

在我妈妈的印象中，上海算故乡，也不算。因为只有朦胧的童年印象，有能勉

强听懂的上海方言，有记忆中木楼梯吱吱呀呀的声音。对于她来说，盐城是家乡，伴随着她少年时期的成长。

对于我爸爸来说，盐城是他青年时期离家从军十年，朝思暮想的热土。从军一结束，他赶快回家，再也不肯离开盐城。偶尔来南京看看我，也是来去匆匆，生生疏疏。对于他来说，盐城是最爱的土地，是真正的家园。

而我，千辛万苦地在南京求生存，要养活自己站稳脚跟。成家工作，忙忙碌碌，买房生子，风风火火，似乎一刻不敢放松和停留。异乡人，总是要多付出一些辛苦，也不觉得有什么特别之处。因为我本来就是苏北人。

那天我买房结束后，还没来得及迁户口，居委会热心大妈来看望新成员，说帅哥你要办个“暂住证”，到居委会去办，国家照顾你们外来人员，免费办理。

我说，房子不是我租的，是我买的，也要办？

她说要的，在办理户口前你要办理。

于是，我滑稽地“暂住”在自己买的房子里。

后来给小孩办户口，我笑着又对那位大妈说：两个地地道道的盐城人，终于生了一个真真实实的南京人。

女儿豆豆，曾在盐城和南京两地留守，在南京上学。她说普通话，能听懂南京话盐城话，她听不懂堂哥的苏州方言，现在也听不懂大洋彼岸姨表妹“芝麻”的美语。

我的故乡是盐城。

我女儿的故乡，由她自己来认定。

其实我们每个人，都是“暂住”在此处。

随着生活流转飘摇、奔波四方。

故乡是我们的寄托，是我们心灵深处最美的远方。

故乡是什么？

故乡就是你的一个襁褓；

是护佑你成长的摇篮；

是你的第一个情侣；

是抚慰你长大的温室；

是我们多年后回想的第一座花房。

很多次回家看父母，盐城的城市建设我已经目瞪口呆，一点不认识。童年里的小学、少年的中学，都拆得面目全非，留给我的残留印象所剩无几。

盐城的南洋机场，还是国际机场，有次我从南京飞回盐城，25分钟时间，矿泉水还没来得及喝，飞机就落地了。

直到吃饭时候，吃到妈妈做的菜，我才发现，是味蕾带我回家了。舌尖上的故乡的味道，让我确信回家。

所以我很喜欢杭州一家餐厅，外婆家。菜做得还好，名字取得暖心。

其实就是这样，一道家乡菜，一条故乡新闻，一句老家方言，一声“我是你的老乡”，都会让我们亲切、感动、热泪盈眶。

很多外国人不理解中国人的“乡土情怀”“同乡之谊”，这些不需要理解，因为这些情愫，如土壤、空气、水一样不可或缺，她根植在每一个异乡人的血液里，不可分离。

盐城人喜欢吃红烧肉圆、藕粉圆子、清汤鱼圆，这种最朴素的土菜，体现了追求富足、全家团圆。

盐城人喜欢抱团又不世故，因为他们懂得努力的重要，也理解分离的来临——聚是缘分，散是必然。

盐城人喜欢江南风物，因为基因中本来就沉淀着“南方人”的因子，追求更美好更宽广的平台，要去努力和奋斗。

盐城人喜欢脚踏实地、沉默做事，因为他们懂得“接受你不能改变的，改变你可以改变的”。

在盐城，有一种奇花，属于江苏三大奇花——盐城枯枝牡丹。

传说，那是不满武则天女皇令，拒绝迎合的君子牡丹，后来被贬出洛阳，辗转在盐城落地生根。

天下牡丹众多，每年春至谷雨时节，花开时节动全城。

盐城枯枝牡丹，不仅春天如期开放，在冬天，她也不畏严寒，雪中怒放。全株无叶，枯枝牡丹，娇艳无比，令人感叹，称为天下奇花。

其实，盐城人的性格，很像枯枝牡丹。

在贫瘠的土地上，耐受力强。

春风化雨，一派欣欣向荣，不输旁人；

寒夜冷窗，也能坚强坚守，伺机绽放。

最后还是用大家耳熟能详的句子来结束这篇散文吧——

为什么我的眼里常含泪水？

因为我对这土地爱得深沉……

金牌导游

盐城资深文旅人　顾问

MV 画说
《一个真实的故事》老歌新放

有一个女孩 她爱着丹顶鹤

云中那抹白色 是奶奶唱的歌

记忆中的小河 会否还那样清澈

像儿时那般清澈 听大人们在说着

——

这世界就是物竞天择
这土地谁的先到先得
说罪恶 又如何 为贵客 献媚色
谁又管那丹顶鹤 只剩下三十三个
金黄金黄的芦苇泽 容不下丹顶的白鹤
只有女孩一个 想她的丹顶鹤

走过那条小河 你可曾听说
有一位女孩 她曾经来过
走过这片芦苇坡 你可曾听说
有一位女孩 她留下一首歌

歌里她的白鹤 在和她轻轻和
芦苇漠漠烟遮 狂舞却不可 越不舍
实无众生得灭度者
她空空的躯壳 里有仙鹤的品格
她沉没的土地上 有仙鹤盘旋

她睡了 入梦了 看到奶奶在笑着
她醒了 也自由了 故事被传颂着
不再重蹈覆辙 做正确的选择
谁值得活着 又谁比谁高贵呢
女孩丹顶鹤 苍生万物和

为何片片白云悄悄落泪
为何阵阵风儿轻声诉说
还有一群丹顶鹤
轻轻地轻轻地飞过
她为了救一只受伤的丹顶鹤

云和鹤在缠绵着 天和地都团圆了
你和我都看到了 盐城女孩做到了
把三十三个 变成三千三百三十三个
再把云中的归客 送回来时的天河

后记

我就是江苏的女儿

因为我是江苏的女儿，回到这里，生命的能源就找到了起点。

我终于等到此刻，写下我最想写的这句深刻在心里很久的话。

这是后记的题目，也是我一生的箴言。

是从我出生之日起，父母就把我的出生地的家乡的名字里的一个字，直接给了我的名字中的一种印刻。

是让我一生都不要忘记属于自己的家乡吗？我的父母，难道从那个时候起，就已经预见到我的未来人生，始终都是在远离家乡的他乡，孤独而坚强地漂泊与奋斗吗？是预见到了每一个从此离开生他养他的故乡的人，内心都需要的，那块永远不能搬移的故乡的“压舱石”吗？

所以我是江苏人。我名字里的那个“丹”字，无论我走多远，时光过去多久，都会时时刻刻提醒我，我的出生地在江苏丹阳，我是江苏的女儿。

离家那年，我是四岁。

记忆中，很小很小的我，是因为那个年代支援大三线建设，大学毕业分配到上海六机部的父母，又响应国家号召，去了大西南重庆万州山区的一个军工螺旋桨厂的。从此后，回家，就成了穿越山城重重蜀道，和漫漫长江的一条曲折而崎岖的思念之旅。是一道漫长而遥远，年复一年的等待与期望之旅。那个年代慢，没有手机，没有电话，航空业也不发达，更没有日行千里的高铁。人们联系，靠书信，人们出行，靠铁路和船运。所以，回家一次，就是一件很重要而且浩大的工程。计划很久，期待也很久。更何况是要从长江的那一头，穿行千山万水，回到长江这一头的家乡。

所以回家，就是一年的光阴四季，换来一个春节的短暂归程。我的印象里，永远都记得，我要跟着父母，还有一起同行的好多上海的叔叔阿姨们，坐很长时间厂里的旧卡车，经过弯弯曲曲的山路，来到有无数个台阶的高高的重庆朝天门码头，等待上船，等待黑夜的降临，和第二天的黎明在江上的山峡间的升起。等待那声汽笛长鸣，把我从船舱中靠着母亲熟睡的床铺惊醒过来。当我睁开眼睛看出去，两岸青山，滚滚江水，我就知道，我是踏上回家乡的路了。我坐的船正顺流而下，经过三峡，经过平原，经过三天三夜，经过多少多少个时间以后，直到我能看见那座灯光灿烂辉煌，标志性的南京长江大桥后，那就是快到家乡了。

那个时候，长江上的大桥不多，所以看见了南京长江大桥，无论时间多晚，父母都会把我从床上叫起来，和许多同船的大人孩子一起，像过节似的，欢呼着，看着那城市的灯火一点点靠近，看着我们的船，一点一点从长江大桥下稳稳地穿过。然后，父母开始忙乱而有条不紊地收拾行李包裹，我就知道，我们回到江苏了，我们快到家了。

在我童年的记忆里，那时候的南京长江大桥，就是我和父母回归家乡的“门”，那条长江，是我们回家的轨道路径，而高高的朝天门，是我们启程的码头。

那个慢时光的时代里，年少的我，就是这样回家乡的。很慢，也很温暖。因为难，和时间漫长，再加上路途遥远，所以记忆尤其深刻。也尤其珍惜每一次牵着父母的手上船下船，回去家乡的感觉。

然后，年岁渐长，我不用再跟着父母一起行动，父母退休后也去了弟弟定居的深圳安度晚年。我有了自己的世界和思考方式，也有了似乎永远也忙不完的，各种各样的工作与借口。我下海南，上北京，很多时候，不管是父母在的深圳的家，还是生养过我的江苏的家乡，我都没有时间回去，却有时间安排自己一年一次，去云游世界各地。我越走越远，我看到的世界越来越大，朋友也越来越多，却始终想不起来要回家乡一次。

当我越走越远，我的家乡也在离我越来越远。

不是忘却，也不是不想回，是有的时候离家太久了，反而不知道应该怎么才能回去了。

所谓的“近乡情更怯”，就是这样形成的吧。

少小离家，半生辗转，晃眼之间，人生已半。

而人生的有些道理，真的一定是要走得足够远，才能懂得回到起点的好。

从江南到西南，再到海南，最后驻足在北京。四十多年的人生旅程，在尝尽了属于我的悲欢离合“天凉好个秋”后，突然发现，半生过去，心中始终无法忘怀和放弃的，却是生命最开始的那前四年在家乡的光阴。

那是生命成长的根部。

是最最纯真的岁月起始。

那个四年，幼齿时代，我在江苏。

后来很多年，远离故乡的岁月里，有时候想起家乡的景象，脑海里映现出的画面，就是孩童的我，蹒跚站在平整辽阔的稻田里，远处有村庄和矮矮的房屋，阳光无比温暖，微风和煦。天空上，偶尔有小小的飞机低低地飞过，吸引年幼的我，抬起头来，伸出手去远远地望向天空，一种渴望要奔向远方的梦想就油然而起。

那似乎就是一种成长的召唤。是生命需要离开，需要破茧成蝶时的惊醒和成全。

那种感觉很奇妙。那片属于我的土地给予的强大的生命张力，以至于很多很多年以后，长大后的我始终都能记得，始终不忘。那种与生俱来的水土养育的力量，陪伴我走过并熬过了生命历程中每一个最艰难莫测的关口，和我一起奋勇向前。

所以我知道，无论我走多远，身后的出发地，总有一缕最温暖的阳光，在滋养我的根。父母在，生命就有出处，而家乡在，人生总是有回来的路的。

我就这样回来了。

命运，在这样的一个时间点，用一次全人类的刹车，和最强悍的停止键，强迫曾经奔波不止的我，重新慢下来，并用这样一种回来的方式，指引我从盐城回到江苏，回到生养过我的，属于我的家乡的土地上。

在盐城一天天的日子里，我一步步丈量，一步步距离，到我心里最真实的家的样子。而那一天，越来越近，始终要到来。走遍盐城，就是为了更好地回去江苏。当我有一天，发现在这块土地上的自己，内心变得充实而安宁，变得更坚强和不再害怕所有

的失去，我想我已经找到我的家了。

我决定用最后的时间，来完成我开篇的那道题目：从盐城回到江苏。

我从盐城出发，去了南京，去了苏州，去了无锡，去了扬州和泰州，当然，最重要的是去了镇江丹阳，我的出生地，我名字里的家乡。我路过徐州，路过连云港，路过淮安，路过所有我记忆中关于江苏的城镇。我沉浸在故乡泥土和空气的芬芳里，我不能割舍，无法自拔。那些似曾相识的场景，河道、驳船、稻田、树荫、村庄与天空，一幕幕就这样回来，重叠回我的记忆深处。

直到那一天，我来到丹阳市人民医院，来到那条已经分不清新旧城区交界处的十字路口，驻足，泪目。陪我一起开车同行的朋友长吁一口气，对我说：“没错，是你出生的家乡了，你的名字里，就刻着你的城市。这样，无论走多远，你都能找回来。你

们都是同一个名字。”

我的眼泪流了下来。

如果说所有的出去，都似若无其事般沧桑百年，那最后的回归，终将坚如磐石样化茧成蝶。

因为我是江苏的女儿，回到这里，生命的能源就找到了起点。

人生的奇妙，在这一刻繁花似锦。

张爱玲说，一座城市的沦陷，成全了她和他的爱情，所以有了“倾城之恋”；那么，一场世纪病毒的流行，是不是也在改变所有人生活的同时，成为让我回归家乡最无微不至又坚不可摧的力量呢？！

最后的最后，谨以此书，献给我已不在江苏的父母，我还在江苏的亲戚，和我所有新认识的盐城的兄弟姐妹们。

献给我的江苏，和带我回到江苏的盐城。

献给所有人的家乡。

图书在版编目（CIP）数据

一场风花雪月的盐城/曾丹著. 一成都: 天地出版社，2021.1
ISBN 978-7-5455-6156-2

Ⅰ. ①一… Ⅱ. ①曾… Ⅲ. ①散文集一中国一当代 Ⅳ. ①I267

中国版本图书馆CIP数据核字（2020）第227473号

YI CHANG FENGHUAXUEYUE DE YANCHENG

一场风花雪月的盐城

出品人　杨　政
作　　者　曾　丹
责任编辑　杨永龙　郭　淼
出版助理　岳　萱
图片摄影　肖陈斌
装帧设计　蒋宏工作室・王　锐
责任印制　葛红梅

出版发行　天地出版社
（成都市槐树街2号　邮政编码：610014）
（北京市方庄芳群园3区3号　邮政编码：100078）
网　　址　http://www.tiandiph.com
电子邮箱　tianditg@163.com
经　　销　新华文轩出版传媒股份有限公司

印　　刷　北京文昌阁彩色印刷有限责任公司
版　　次　2021年1月第1版
印　　次　2021年1月第1次印刷
开　　本　710mm×1000mm 1/16
印　　张　16.25
字　　数　306千字
定　　价　98.00元
书　　号　ISBN 978-7-5455-6156-2

咨询电话：(028) 87734639（总编室）
购书热线：(010) 67693207（营销中心）